講談社文庫

素晴らしき世界(下)

マイクル・コナリー｜古沢嘉通 訳

講談社

DARK SACRED NIGHT
By Michael Connelly

This edition published by arrangement with
Little, Brown and Company (Inc.),
New York, New York, USA
Through Tuttle-Mori Agency, Inc., Tokyo

目次

素晴らしき世界（下）

●主な登場人物〈素晴らしき世界　下巻〉

レネイ・バラード　ロス市警ハリウッド分署深夜勤担当刑事
ハリー・ボッシュ　サンフェルナンド市警刑事（予備警察官）　元ロス市警敏腕刑事
アンソニー・バルデス　サンフェルナンド市警本部長
オスカー・ルゾーン　サンフェルナンド市警刑事
デニス・〝シスコ〟・ヴォイチェホフスキー　ハラーの調査員
デイジー・クレイトン　未解決殺人事件被害者（享年十五）　エリザベスの娘
エリザベス・クレイトン　元麻薬中毒者　デイジーの母親
ジェリー・エドガー　カリフォルニア州医事当局職員　ボッシュのかつての相棒
アーロン・ヘイズ　ライフガード　バラードの恋人
ヘザー・ルーク　ロス市警航空部隊観測手《スポッター》
ゲイブリエル・メイスン　ハリウッド分署午後勤担当の警部補
ティム・ファーマー　自殺したハリウッド分署パトロール警官
スコット・コールダー　南カリフォルニア大学教授　ＧＲＡＳＰプログラム開発者
マンロー　ロス市警ハリウッド分署警部補深夜勤当直司令官
ジェイコブ・キャディ　行方不明の男性
タリスマン・プラダ　キャディの同居人
キャロリン・ウィックワイア　上級裁判所判事
トラヴィス・リー　ロス市警ウェスト方面隊殺人事件担当刑事
トランキロ・コルテス　ギャング組織サンフェル団幹部
ベラ・ルルデス　サンフェルナンド市警上席刑事
カート・パスカル　ポルノ俳優
ベアトリス・ボープレ　アダルト・フィルム監督
マカダムズ　警部補　バラードの直属の上司
マデリン（マディ）　ボッシュの愛娘
オマール・セスペデス　警部補　ロス市警ＳＩＳ（特殊捜査班）指揮官
ロジャー・ディロン　バイオハザード清掃業者
サラ・ベンダー　行方不明の女性
ジョージ・ベンダー　サラの父親

BALLARD

25

アーロン・ヘイズとローラと一日を過ごしたのち、バラードは、ヘリコプターの観測手《スポッター》、ヘザー・ルークとのシフトまえ会食のため、ダウンタウンに向かった。食事場所は、ロス市警の航空隊が屋根にあるパイパー・テックの入り口に位置する〈デニーズ〉の屋外席だった。

バラードとルークにとって、それぞれのシフトがはじまるまえに月に一、二度会うのがルーティンになっていて、ふたりのあいだの結び付きが強くなっていった。ふたりとも墓場シフトで働き、ルークがバラードの空のパートナーとなり、見張り役と応援役を務める場合が頻繁にあった。最初に食事をする提案は、不法侵入の出動要請に応えたバラードを不意打ちしようと待ち構えていたフードをかぶった男をルークが空から見つけてくれたお礼としてバラードの側からおこなった。容疑者は強姦《ごうかん》未遂容疑で以前にバラードに逮捕されていたことが判明した。保釈中で、裁判を待っていたが、バラードが出動するだろうと期待して、偽の不法侵入通報をおこなったのだった。

ルークは航空隊のカメラ画面で熱反応を感知し、バラードに無線で警告を送った。フードをかぶった男は、徒歩での短い追跡ののち、逮捕された。逃走中に男が投げ捨てたダッフルバッグのところに戻るようルークはバラードに指示できた。バッグのなかには、レイプ・キットが一揃《ひとそろ》い入っていた──ダクトテープ、手錠、プラスチック・バンド。この最新の逮捕で、男は共同体への脅威と見なされ、保釈を取り消された。

バラードとルークがいっしょにいるとき、ふたりはたいてい市警の噂話《うわさばなし》をした。バラードは強盗殺人課からの左遷についてルークにすぐ打ち明けたが、その後の会食では、話すよりも耳を傾けるほうが多くなった。なぜなら、バラードは主にひとりで働いており、たいてい出会うのはハリウッド分署の深夜勤務《レイトショー》のおなじ警官グループだったからだ。閉ざされた環境であり、食事の機会にあらたな市警内情報として生みだされるものはほとんどなかった。一方、ルークは十八機のヘリコプターをサポートする大きな部隊の一員だった──ロサンジェルス郡最大の警察航空隊だ。ベテランの警察官は、この部隊に惹《ひ》かれていた。勤務時間は一定で、給与体系に危険手当が含まれていたからだ。ルークは、休憩室で市警の至るところとコネがある警官からの噂話をたくさん耳にしており、バラードに最新情報を嬉々《きき》として伝えた。ふたりの女性としての同志関係のあらわれだった。

バラードはいつもその店の朝食セットを頼んだ。間違いのない料理に思えたからだ。〈デニーズ〉をふたりが選んだのは、ルークにとってとても都合のいい場所にあり、フードをかぶった男について警告したことに対する継続的なお礼の一環だったからだ。また、ふたりとも、映画『ドライヴ』（ジェイムズ・サリス原作、ニコラス・ウィンディング・レフン監督の二〇一一年公開米映画）のファンで、主役の女性がウエイトレスとして働いていたのがまさにこの場所だった。

今回、バラードは九年まえに起こったデイジー・クレイトン殺害事件の捜査に関わっていることと、ハリー・ボッシュとの出会いについてルークに話した。ルークはボッシュと一度も会ったことがなく、噂を聞いたこともなかった。

「妙なんだな」バラードは言った。「彼といっしょに働くのは好きだし、いくつか学べるとも思ってる。だけど、その日の終わりになると、彼を信用できない気がしている。知っていること全部をわたしには話していないみたいなんだ」

「その手の連中には気をつけたほうがいいよ」ルークは言った。「仕事の上でも、仕事を離れても」

ルークは緑色のフライトスーツを着ており、バラードが知っているほかの女性ヘリ乗りの大半と同様、ショートにした赤茶色の髪の毛とよく合っていた。小柄な体軀《たいく》で、せいぜい四十五キロほどしかなかった。重量が揚力と燃料消費に関わる重要な因子である航空隊では、体重の軽さはプラス材料にちがいなかった。

ルークはバラードの抱えているほかの事件や、自分が上空から関わった事案の地上サイドでの話のほうに興味を抱いて聞きたがったので、バラードは猫に顔を喰《く》われた女性死体と、ストリップ・バーの屋根にいた若い覗《のぞ》き屋《や》たちの話をした。

出かける時間になると、バラードは勘定書きを手に取った。ルークが次はわたしが奢《おご》るよ、と言った。

「必要になったら連絡して」ルークは別れの挨拶代わりのいつもの言葉を告げた。

「鷲《イーグル》のように飛んできて」バラードは自分のお決まりの挨拶を返した。

いったんヴァンに戻ると、バラードはルークへの別れの挨拶で、デイジー・クレイトンとおなじ夜に洗礼を受けたイーグルと呼ばれていた男のことを思いだした。彼についてフォローアップするのを忘れており、ハリウッド分署に戻り、市警のデータベースにある通称ファイルにアクセスできるようになったらすぐにやろうと決めた。

携帯電話をチェックして、食事のあいだにボッシュから電話がかかっていたかどうか確かめようとした。メッセージは入っておらず、ボッシュは今夜現れるのだろうか、と思った。101号線を北上し、サンセット大通りの出口を降り、シフトのはじまる二時間まえにハリウッド分署にたどり着いた。午後勤のシフトが非番になるまえに到着したかったのだ。午後勤のシフトで働いているゲイブリエル・メイスン警部補と話をする必要があった。彼は、九年まえは巡査部長で、市警本部のGRASPプログラムのハリウッド分署担当に任命されていた。

だいたい午後三時から深夜零時までつづく午後勤のあいだは、ハリウッド分署がもっとも忙しい時間帯であるため、シフトを監督する警部補は二名配置されていた。メイスンはそのうちのひとりであり、ハンナ・チャベスが残るひとりだった。バラードはメイスンのことをよく知らなかった。限られた午後勤での経験は、チャベスといっしょだったからだ。率直なアプローチがベストだろうとバラードは考えた。

メイスンは休憩室にいた。テーブルの上に展開カレンダーを広げていた。メイスンはメガネをかけ、黒髪を左側でぴっしり分けた、ガリ勉タイプに見える管理職だった。制服は皺《しわ》がなく、新しかった。

「警部補？」バラードは声をかけた。

メイスンは邪魔をされていらだちながら、顔を起こしたが、その渋面はバラードを見て消えた。

「バラード、早いな」メイスンは言った。「対応してくれてありがとう」

バラードは首を横に振った。

「どういうことですか？」バラードは訊《き》いた。「わたしに会いたかったんですか？」

「ああ、きみのボックスにメッセージを入れておいた」メイスンは言った。「受け取ってくれたのか？」

「いえ、なんでしょう？　実際には、お訊《たず》ねしたいことがあったんです」

「安否確認をしてもらわねばならない」

「墓場シフトで？」

「異例なことだとわかっているが、この件は特別なんだ。十階から降りてきた。行方不明になっている男性がいる。一週間、電話にもソーシャルメディアにも応答がない。きょう、数回、うちの人間が立ち寄ったんだが、ルームメイトは、彼は外出していると毎回答えている。われわれにできることはあまりないんだが、もし真夜中にきみがドアをノックしてくれれば、男性が家にいるかいないか、わかるだろう。もしいなかったなら、われわれは次のステップに進める」

十階というのは、市警本部ビルの十階にあるＯＣＰ――本部長室《オフィス・オブ・ザ・チーフ・オブ・ポリス》を指していた。

「で、その男は何者なんです？」バラードは訊いた。

「ググってみた」メイスンが言った。「どうやら、父親が市長の友人らしい。高額寄付者だ。だから、これを見過ごせないんだ。もし今夜その男性が自宅にいなかったら、ホイットル警部に報告書を送ってくれ。警部はそれに基づいてＯＣＰに報告する。それでわれわれの仕事は済むか済まないかだ」

「わかりました。名前と住所はありますか？」

「きみのボックスに全部入っている。それからきみのところの警部補に行動報告として入れておこう」

「了解です」

「さて、なにかわたしに会いたい用があるそうだが？」

メイスンは自分の座っているテーブルの向かいにある椅子を指さし、バラードはそこに腰を下ろした。

「二〇〇九年に発生した未解決事件を調べています」バラードは言った。「路上で売春していたティーンエイジの家出人が、カーウェンガの外れにある路地に捨てられているのを発見された事件です。被害者の名前はデイジー・クレイトンです」

メイスンは少し考えていたが、やがて首を横に振った。

「ピンと来ないな」メイスンは言った。

「それは期待していません」バラードは言った。「ですが、方々聞いてまわったところ、当時、警部補がGRASPプログラムのハリウッド分署担当だったと知りました」

「なんと、思いださせないでくれ。あれはひどい悪夢だった」

「まあ、新しい本部長がやってきて、ロス市警がそのプログラムを捨てたのは知っていますが、ハリウッド分署の犯罪データがどうなったんだろうなと気にしているんです」

「なんだって？　なぜだ？」

「この少女の殺人事件の手がかりを探しており、もし事件当日あるいはその週に分署で起こっていたあらゆることを見られれば、役に立つんじゃないかと思ったんです。おわかりでしょうが、われわれにはたいして材料がなく、藁《わら》をもつかみたい心持ちなんです」

「いいかい、われわれというのはだれだ？」

「たんなる言葉の綾《あや》です。GRASPプログラムが終わったときのすべてのデータのありかをご存知ですか？」

「ああ、デジタル・トイレに流された。新執行部が別の方向にいきたがったときに放逐されたんだ」

バラードは顔をしかめ、うなずいた。行き止まりだ。

「少なくとも公式には」メイスンが言った。

バラードは相手をまじまじと見た。なにを言おうとしている？

「わたしはすべてのデータを照合し、ダウンタウンに送らねばならない担当だった。〝GRASPの導師〟とわれわれが呼んでいた男がいた。正規の警察官ではなかった。南カリフォルニア大学《USC》から来たコンピュータの天才で、このプログラムを全部考えだし、当時の本部長に売りつけた人間だ。すべてのデータは彼のところにいき、彼はすべてのモデリングをした」

バラードは昂奮《こうふん》しだした。メイスンが説明しているような連中は、自分たちの仕事や成果に所有権があると思っているのをバラードは知っていた。プログラムを終了され、データに釘《くぎ》を打ちつけろという命令が下ったかもしれないが、民間人が自分の赤ん坊であるプログラムの記録を保持している可能性はあった。

「その男性の名前を覚えていますか？」バラードは訊いた。

「ああ、当然だ。二年間、毎日いっしょに働いていたんだ」メイスンは言った。「スコット・コールダー教授。まだおなじ場所にいるかどうか知らないが、当時、コンピュータ・サイエンス学部からサバティカルを取ってきていた」

「ありがとうございます、警部補。探します」

「役に立つといいがな。安否確認の件も忘れないでくれ」

「すぐわたしのボックスをみます」

バラードは立ち上がったが、すぐに腰を下ろし、メイスンを見た。上司との堅実な関係を危険なものに変えかねないリスクを冒すつもりだった。

「ほかになにか？」メイスンは訊いた。

「はい、警部補」バラードは話しはじめた。「昨夜、午後勤の時間帯にわたしは出勤していて、不法侵入の容疑でひとりの男を逮捕しました。単独で働いており、応援要請をしました。応援は来なかったんです。男はわたしに挑みかかったので、制圧しましたが、もし応援が来ていたらその機会を男は持たなかったはずです」

「きみが個人の電話を使って連絡してきて、パトロール隊がどこにいるのか訊ねてきたのを受け取ったのはわたしだ」

「そうだと思いました。なにがあったかわかりましたか？」

「すまん。わからなかった。別の用事で忙殺されていたんだ。わかっているのは、記録されている応援出動要請はなかったということだ。通信センターと当直オフィスのあいだで行き違いがあったにちがいない。われわれの要請は復唱されなかった。応援出動はなかったと聞いた」

バラードはメイスンを長いあいだじっと見た。

「ということは、問題はハリウッド分署にはないとおっしゃっているんですね。通信センターにある、と」

「わたしにわかる範囲ではそれに近い」

メイスンは黙って座っていた。さらに調べるという提案を彼は出さなかった。ことを荒立てるつもりはないのだ。この問題を追及するかどうかはバラードの判断にかかっているのが明白だった。

「わかりました、ありがとうございます、警部補」バラードは言った。

バラードは立ち上がると、部屋から出ていった。

26

バラードはパスワードを使って、ロス市警のデータベースに入り、ムーンライト・ミッションの写真に〝イーグル〟と署名した男の検索をはじめた。データベースには、通称ファイルが含まれており、事件報告書、逮捕記録、職務質問から集めて数千件のあだ名や偽名が載っていた。

〝イーグル〟は、人気のある通称だと判明した。最初、二百四十一件の結果が出た。次に白人男性、三十歳以上に検索条件を付け足して、六十八件まで削った。ミッションから借りてきた九年まえの写真を手がかりにする。男性は二十代なかばから後半であるように見え、それによっていまは三十歳以上になっている公算だった。四十歳以上を削除することでさらに検索対象を絞った。

十六の名前が残り、バラードはそれぞれの男たちの報告書と写真を呼びだす作業に取りかかった。洗礼者ヨハネに提供された写真の男と似ても似つかない男たちをすばやく取り除いた。十一番目の男を見て、有望な発見をした。男の名前はデニス・イーグルトンで、三十七歳だった。二〇〇八年から二〇一三年にかけての複数回の逮捕時に撮影された顔写真は、ミッションの写真の男の顔と一致していた。

イーグルトンに関するデータベースに入っているすべての報告書を引っ張りだし、印刷しはじめた。薬物所持や買春目的の徘徊《はいかい》で数多くの逮捕記録を持っているが、暴力行為での逮捕は一回だけだった。二〇一〇年の加重暴行容疑は単純な暴行に変更されていた。バラードは二〇一四年にティム・ファーマーが書いた職務質問報告書のデジタル版すら発見した――ファーマーがその職にあった最後の年の前年だ。要約セクションには、ハリウッドの通りとこの特定の住人に関するファーマー独自の見解が含まれていた。

〝イーグル〟とわれわれの道が交差するのはこれが最初でも最後でもないだろう。憎しみと暴力の、深くて癌《がん》を患ったような川が彼の血管を流れている。わたしにはそれが感じられる、それが見える。

彼は待っている。彼は憎んでいる。彼はあらゆる希望を裏切っているのはこの世のせいだと考えている。

わたしは自分たちのことを心配している。

バラードはファーマーの見解を二度読んだ。デイジー・クレイトンの殺害事件から五年後に書かれていた。ファーマーがイーグルトンのなかに見た、脈動し、この先に待ち構えている暴力が二〇〇九年にすでに解き放たれていたというのはありうるのか？　未来を見るだけではなく、ファーマーは過去も見たのか？

バラードはつづく三十分をかけて、イーグルトンの居場所を突き止めようとしたが、なにも見つからなかった。運転免許証はない、最近の逮捕記録もなかった。最後に知られている彼の記録は、ファーマーが記入した先ほどの職質カードだった。ファーマーはイーグルトンがヴァイン・ストリート近くのハリウッド大通りのメトロ入り口付近を徘徊しているのを目撃したとき、呼び止め、職務質問をおこなっていた。〝職業〟と記された記入欄に、ファーマーは〝物乞い〟と書いていた。イーグルトンが生きているのか、死んでいるのかを示唆するものはいまはなにもなく、彼は電子の網から完全に消え失《う》せていた。

午前零時を過ぎており、メイスン警部補がバラードに頼んだ安否確認をおこなう頃合いだった。バラードは、捜索指令《BOLO》テンプレートを使って、全点呼時に配付するイーグルトンに関する事情聴取のための捜索シートをまとめた。直近三回の逮捕時顔写真を画面キャプチャーして含めたのち、一式をプリンターに送りこんでから、コンピュータをログオフした。出かける準備が整った。

最初に立ち寄ったのは、当直オフィスで、ＢＯＬＯシートをマンロー警部補に渡し、安否確認の要請に対処するため、分署を離れる、と伝えた。マンローは、当該地域付近で任務に就いているパトロール警官たちが、とるに足りない出動要請を片づけているところだが、彼らの手が空き次第、バラードの居場所を彼らに伝える、と言った。

行方知れずの男は、ジェイコブ・キャディという名前だった。自宅はウェスト・ハリウッドとの境から一ブロックだけ離れたウィロビー・アヴェニューにある四階建てコンドミニアムだった。バラードは駐禁を示す赤い縁石に車を寄せて停《と》め、応援が来ているかどうかまわりを見た。なにも見えず、携帯無線機《ローヴァー》でマンローに確認を入れたところ、パトロール・ユニットは出動要請を終えていないんだ、と言われた。

バラードは十分待って来なかったら、単独で入ろうと決めた。携帯電話を取りだし、ショートメッセージを確認する。洗礼者ヨハネに関して送った自分のメッセージに対するボッシュからの反応はなく、アーロン・ヘイズにそれより先に送った元気かどうか確かめるメッセージにも返事はなかった。起こしてしまうかもしれないと考え、もう一度送るべきだとは思わなかった。

次に電子メールを確認し、ＵＳＣの代表アドレスに送ったスコット・コールダー宛の当てずっぽうの電子メールにすでに返事が来ているのを見た。開封してみたところ、正しいコールダーにたどり着いていたのに気づいた。ロス市警で中止になったＧＲＡＳＰプログラムについて話し合うため、翌朝早くに自分のオフィスでよろこんでお目にかかりましょう、とコールダーは返事をしていた。オフィスの場所は、マックリントック・アヴェニューにあるビタビ・ビルで、午前八時だとスケジュールが空いている、とコールダーは書いていた。

十分後、応援ユニットの姿はまだ見えなかった。バラードはジェイコブ・キャディのオンライン・プロフィールを確認することにした。わずか数分で、キャディが複数のメンテナンス契約を市と結んでいるおなじ名前の人間の二十九歳になる息子であると知ることができた。市の行政に食いこんでいる業者の息子だ。父親の商売にはまったく関わりたくないと思っている様子で、Facebookでは自分のことをパーティープランナーと表現していた。Facebookの写真は、ジェット機で世界各地を飛びまわる若いキャディのライフスタイルをあらわにしていた。彼はメキシコのリゾート地と男性の連れを好んでいる様子だった。日に焼け、鍛えた体をした、ブロンドの髪の男だ。体にぴったりあった服とティトのウォツカを好んでいた。

到着して二十分が経《た》つと、バラードはローヴァーを手に車を降り、コンドミニアムのビルの入り口に向かった。無線で当直オフィスに連絡し、単独で入ると伝えた。

メイスン警部補がバラードのメールボックスに残していた書類では、キャディは寝室がふたつあるコンドミニアムを所有し、タリスマン・プラダという名のルームメイトにそのなかのスペースを貸していることになっていた。パトロール警官による二度の安否確認の際、プラダは戸口で応対に出、キャディは二晩まえにバーで男と出会い、その男といっしょに店を出ていったと答えたという。だが、それではキャディがショートメッセージや電子メールや、電話に応じなくなっている理由の説明がつかなかった。あるいは、コンドミニアムの地下の駐車場の指定場所にキャディの車が停まったままでいる理由も。

バラードがゲートのところにあるブザーを三度、間をあけて押した末に眠たそうな声がようやく応答した。

「キャディさん？」

「いや、彼はここにいないよ」

接続が切れた。バラードはふたたびブザーを押した。

「なんだよ？」

「プラダさん？」

「そっちはだれだ？」

「警察です。ゲートをあけてもらえませんか？」

「言っただろ、ジェイコブはここにいないんだ。起こすなよ」

「繰り返します、プラダさん、警察です。ゲートをあけなさい」

長い沈黙の間が空いてから、ゲートがブザー音を立てた。バラードはそれを引きあけた。通りに目を走らせ、応援ユニットを探したが、なにも見えなかった。エントランスエリアを見まわす。郵便受けが並んでおり、その下に棚があって引き取り手のない新聞が何部か残されていた。バラードはそのうちの一部を手にとり、応援のパトロール警官たちがやってきたときのためにゲートをあけておくつっかえにした。もし彼らが来るとしたならばだが。コンドミニアムの建物のなかに入り、エレベーターを待ちながら、ローヴァーで応援について確認した。今回、マンローは、一台向かっている、と言った。

バラードはエレベーターで三階までのぼった。廊下の右側にひとりの男が立っているのが目に入る。部屋のあいたドアの正面にいた。男はシルクの寝間着ズボンを穿《は》き、シャツは着ていなかった。小柄だったが、筋肉質で、髪は真っ黒だった。

バラードは男のほうに向かった。

「プラダさん？」バラードは訊いた。

「そうだ」男は言った。「もうかんべんしてくれないか？　おれは眠りたいんだ」

「お手間を取らせてすみませんが、まだジェイコブ・キャディから連絡がないんです。通報を受けてから四十八時間経っており、これは犯罪事件捜査になっています」

「犯罪？　人がだれかと同棲《どうせい》しているどこが犯罪なんだ？」

「いま起こっているのがそういうことだとわれわれは考えていません。わたしがなかに入れるよう、部屋のなかに戻ってもらえますか？」

プラダは部屋に戻り、バラードはそのあとから室内に入った。入りながらバラードは相手を見積もった。プラダはせいぜい身長百六十五センチ、体重六十キロ弱だった。武器を身につけていないのは明らかだ。バラードはドアをあけたままにし、プラダがそれに気づいた。

「それを閉めてくれないかな？」プラダは頼んだ。

「いいえ、あけたままにしておいて下さい」バラードは言った。「二名の制服警官がこちらに向かっていますので」

「好きにしてくれ。見てまわるがいい。あいつはここにいないよ。ただ、急いでほしい」

「ありがとうございます」

バラードはリビングに足を踏み入れ、百八十度ざっと見た。コンドミニアムは現代的スタイルで綺麗《きれい》に飾られていた。グレーウォッシュの木の床、アームレス・ソファーと椅子、ガラス天板のコーヒーテーブル。雑誌の写真のようにすべてが完璧にコーディネートされていた。隣接するダイニングには、ステンレススチールの脚を持つ四角いテーブルとそれに合わせた椅子が揃っていた。その奥の壁には、白地に黒いスラッシュで構成された三メートル×一・八メートルの絵が掛かっていた。

プラダはキャディがここにいない点を証明するかのように両腕を広げた。

「得心したかい？」

「寝室を見せて下さい」バラードは言った。

「お願いするのは、捜索をおこなうための令状を持っていないってことかな？」

「安否確認に令状は不要です。もしキャディ氏が負傷していたり、助けを必要としていたりしたら、われわれは彼を見つけねばなりません」

「じゃあ、探している場所が違うな」

「寝室を見せてもらえますか？」

プラダは部屋のなかを案内した。予想したように、ジェイコブ・キャディの姿はなかった。バラードはポケットからミニライトを取りだすと、プラダがキャディのものだと言った寝室のなかのクローゼットをそれで確認した。衣類で一杯になっており、棚に空のスーツケースがあった。一歩後退し、バラードはベッドが皺ひとつなくメイクされていて、だれも寝た形跡がないのに気づいた。

プラダの寝室はもっと生活感があり、ベッドはメイクされておらず、化粧台のまえにある椅子に衣類がぶら下がっていた。化粧台は、なにも知らなかったら、女性の部屋にあるものと思っただろう。クローゼットの扉があいていて、なかの床に衣類が積み重ねられていた。

「だれもがジェイコブみたいにきちんとしているわけじゃない」プラダは言った。

リビングから人声が聞こえ、バラードはドアのほうを向いた。

「いまからそちらへいく」バラードは廊下に向かって声をかけた。

バラードとプラダがリビングに戻ると、ヘレラ巡査とダイスン巡査がいた。バラードはうなずいた。

「よく来てくれたね」バラードは言った。

巡査たちのどちらかが返事をするまえに、プラダがいらだたしげに口をひらいた。「もう済んだだろ？」プラダは訊いた。「おれは少し寝たいんだ。あした約束がある」

「まだ済んでいません」バラードは言った。「今回は完全な報告書を作成しなければならないんです。あなたの運転免許証あるいはパスポートを見せてもらえますか？」

「そんなのほんとに必要なのか？」

「はい、必要です。協力をつづけたいはずではないですか？　それが一番早くわれわれをここから出ていかせる方法です」

プラダは自分の寝室に向かって短い廊下に姿を消した。バラードは、付いていき見張るよう、ヘレラにうなずいて合図した。

バラードはもう一度、リビングをじっくり眺めた。入念に構成されていたが、どこかしっくりしていないように思えた。ここの広さと家具にくらべラグマットが小さすぎるのに気づいた。灰色と黒と茶色の四角が重なりあっているラグマットの抽象デザインが、家具の張り地のストライプ模様と喧嘩《けんか》していた。隣接するダイニングを確認し、ステンレススチールの脚がついた四角いテーブルの下にラグマットがないことにはじめて気づいた。

「なにを考えているの？」ダイスンが小声で訊いた。

「なにかがしっくりこない」バラードがささやき返した。

プラダとヘレラがリビングに戻ってきて、ヘレラがバラードに運転免許証を渡した。

「知っといてほしいんだが、正式に氏名を変更する書類をおれの弁護士が申請しているんだ」プラダは言った。「おれは嘘《うそ》をついていない。おれはＤＪをしていて、本名よりましな名前が必要なんだ」

バラードは免許証を見た。ニュージャージー州で発行されたもので、写真はプラダと一致していたが、そこに記された氏名は、タイラー・ティルダスだった。バラードは女性のトルソーの小さな彫刻の隣にあるコーヒーテーブルに懐中電灯を置いた。ポケットから小型の手帳とペンを取りだし、免許証の情報を書き記した。

「タイラー・ティルダスのどこが悪いの？」書きながらバラードは訊いた。

「想像力の欠片《かけら》もない」プラダは言った。

バラードは生年月日を確認し、プラダが年齢についても嘘をついているのを見た。バラードに渡された書類では、プラダは二十六歳と記されていた。運転免許証では、プラダは二十二歳だった。

「あしたの約束というのはどんなものなんです、プラダさん？」バラードは訊いた。

「個人的な用事さ」プラダは言った。「警察を煩わせるようなものじゃない」

バラードはうなずいた。記入を終え、免許証をプラダに返す。それから自分の名刺をプラダに手渡した。

「ご協力感謝します」バラードは言った。「キャディさんから連絡があったら、その番号に連絡して下さい。また、キャディさんにもわたしに連絡するよう伝えて下さい」

「もちろんだ」プラダは言った。この侵入が終わりそうなのを見て、プラダの声が親しげなものに変わった。

「もう寝ていただいてかまいませんよ」バラードは言った。

「そりゃどうも」プラダは答えた。

ヘレラとダイスンが戸口に向かうのを待ちながら、バラードはラグマットに視線を落とした。最初、デザイン上の不完全さに見えたものがあった、製造段階で素材がからまった場所に見えたものが。だが、たんなるくぼみだとわかった。そのラグマットは最近ダイニングから入れ替えられ、テーブルの脚の一本が残したくぼみがまだ残っていたのだ。

プラダは戸口まで三人についていき、彼らが出ていくとドアを閉めた。デッドボルト錠が回転する音をバラードは聞いた。

三人の女性警官は、エレベーターに乗り、その扉が閉まるまで黙っていた。

「で？」ダイスンが口をひらいた。

バラードはまだ手帳を持っていた。タイラー・ティルダスに関する情報を書き記したページを破り取り、ヘレラに渡した。

「その名前で検索して、なにが出てくるか確かめて」バラードは言った。「わたしは判事に電話する。あそこのラグマットの下になにがあるのか見てみたい」

「たんに見ることはできないの？」ヘレラが訊いた。「緊急事態を理由に」

バラードは首を横に振った。緊急事態を使うのは、危なっかしい対応だった。自分に跳ね返ってきて、噛《か》みつかれるのはかなわない。

「緊急事態には、行方不明の男性と彼に危険が及んでいる可能性が必要」バラードは言った。「行方不明の人間を探すためにラグマットの下を覗いたりしない。証拠のためラグマットの下を覗くことになる。判事に電話をかける。そうすれば、問題は発生しない」

「探すべき車があるんじゃないの？」ヘレラが訊いた。

「パトロール警官が最初の安否確認のときに車を見たはず」バラードは言った。「トランクもあけている。地下の駐車場にある。だけど、その車も捜索令状の対象に入れるつもり。もう一度調べてみる」

「捜索令状を書くのに必要なものをつかんだと思ってる？」ダイスンが訊いた。

バラードは肩をすくめた。

「もしつかんでないのなら、わたしはあそこに懐中電灯を置いてきたから」バラードは言った。「戻って、あの男を起こすつもり」

27

上級裁判所判事キャロリン・ウィックワイアは、バラードの頼れる仲間だった。彼女はかならずしも夜間担当判事ではないのだが、バラードのことを気に入っており、自分の携帯電話番号を伝え、昼であろうと夜であろうと電話してきてかまわないと告げていた。ウィックワイアは、司法制度のなかで長いキャリアを積んだ元警察官であり、次に検事になり、いまや判事となっていた。そのどのステップでも、ミソジニーや差別を彼女なりに味わってきたのだろう、とバラードは推測した。バラードは、自分自身が出会い、克服してきた障害をけっして口にしたことはなかったが、その一部は法執行共同体のなかで知られており、ウィックワイア判事はそれらに気づいて、共感してくれているものとバラードは信じていた。そこには親近感があった。バラードは、事件に際して物事を動かすのに役立つならその親近感を利用することもあった。バラードはコンドミニアム・ビルのエントランスからウィックワイアに電話をかけ、彼女を起こした。

「ウィックワイア判事、起こしてしまいすみません。ロス市警のバラード刑事です」

「あら、レネイ、久しぶり。元気にしている？」

「はい、お久しぶりです。元気です。電話による捜索令状の承認を求める必要があります」

「わかった、わかった。ちょっと待って。メガネを取ってきて、少ししゃんとしないと」

電話は保留になった。待っているあいだにヘレラがやってきて、パトカーのMDT端末でプラダの名前を検索した結果を持っていた。

「いま話せる？」

「保留のあいだは。なにかあった？」

「ニュージャージーとニューヨークで、TVが数件あっただけ。重たい犯罪はなし」

交通違反《トラフィック・ヴァイオレーション》。それでは判事から捜索令状を承認してもらうには役に立たないだろう、とバラードはわかっていた。

「いいわ」バラードは言った。「令状が手に入ったら、あなたたちにはまだ付いていてもらわないとならない。住みこみの管理人がいるかどうか、見つけてくれない？」

「了解」ヘレラは言った。

ヘレラが立ち去るのと同時にウィックワイアが電話口に戻ってきた。

「さて、なにがあるの、レネイ？」

「これは失踪人事件ですが、不正行為がからんでおり、失踪人のコンドミニアムと、建物の共有部に入る必要があるとわたしは考えています。ややこしいのは、その行方不明事件の参考人は失踪した男性のルームメイトなんです」

「恋人同士なの、たんなるルームメイト？」

「たんなるルームメイトです。寝室は別々です」

「わかった。あなたがつかんでいるものを話して」

バラードは捜査の内容を説明し、順を追って、事実を並べ立て、判事に興味を抱かせ、相当の理由があるという結論に向けて論拠を述べた。ジェイコブ・キャディは現在行方不明になってから四十八時間経過しており、携帯電話から仕事のウェブサイトにいたるまで、どの通信手段にも応答していないことをバラードは話した。キャディのコンドミニアムで暮らしている男性は偽名を名乗ったと判事に伝えたが、合法的に改名をしている最中だというプラダの説明は省いた。プラダは捜査に非協力的だったと伝えたが、午前一時に彼が起こされたという点は省いた。

最後にバラードは、ラグマットのことと、それがなにかを覆い隠すために動かされたという疑念について触れた。

バラードが話を終えると、ウィックワイアは、バラードの口頭での相当の理由陳述を消化するあいだ、黙っていた。やがて、ウィックワイアは口をひらいた。

「レネイ、相当の理由にはなっていないと思う」ウィックワイアは言った。「いくつかの興味深い事実と疑念があるけれど、そこの犯罪行為の証拠はない」

「それを手に入れようとしているんです、判事」バラードは言った。「ラグマットが動かされた理由を突き止めたいのです」

「でも、あなたは本末転倒になっている。できるならあなたに力を貸したいとわたしが思っているのはわかっているでしょうけど、今回のはあまりにも論拠が希薄だわ」

「なにが必要でしょう？　失踪した男性はショートメッセージを返さないし、ツイートもしていない、自分の車の運転もしていない、自分の仕事もしていません。自分の服を全部置いていなくなったみたいです。なにかが起こったのは明らかなんです」

「それについては異論はないわ。だけど、なにが起こったのか示すものをあなたは手に入れていない。その男性はバハのヌードビーチにいるのかもしれない。そこじゃ、着替えは要らないでしょう。恋をしているのかもしれない。いろんなことがありうる。要するに、自分の住居に暮らしている人物がいて、相当の理由なしでその住居を捜索する権利はあなたにはないということ」

「わかりました、判事、ありがとうございます。必要としておられるものを手に入れてから、かけ直します」

バラードは電話を切った。ダイスンがそこに立っていた。

「住みこみの管理人はいなかった」ダイスンは言った。

「オーケイ」バラードは言った。「あなたとヘレラは駐車場に降りていって、見てまわってちょうだい」

「令状は手に入ったの?」

「いいえ。懐中電灯を取りにいく。十分ほどしてわたしから連絡がなければ、上がってきて」

「了解」

バラードはエレベーターで三階に戻り、ジェイコブ・キャディの部屋のドアをノックした。少しして、内部で動きがあり、ドア越しにプラダの声が聞こえた。

「ああ、なんてこった! なんだよ?」

「プラダさん、ドアをあけてもらえませんか?」

「今度はなんの用だ？」

「ドアをあけていただかないと、こうやってやかましく話さないとなりません。ほかの人たちは寝ているので」

ドアが勢いよくひらいた。怒りがはっきりとプラダの顔に表れていた。

「住民が寝ているのはわかってる。おれもそのひとりになりたいんだ。今度はなんだよ？」

「すみません。懐中電灯を忘れたんです。ジェイコブのクローゼットに入っているかもしれません。取ってきてもらえます？」

「まったく、なんてこった！」

プラダは背を向け、コンドミニアムの寝室二部屋につづいている廊下に向かった。

バラードはプラダがピンクの鯨のシルエットが付いているTシャツを着ているのに気づいた。

プラダが姿を消したとたん、バラードはリビングに移動し、コーヒーテーブルに近寄った。トルソーの彫刻のそばに部分的に隠しておいた懐中電灯をつかむと、ポケットに入れた。それから一歩退いて、ラグマットの角からクッションの利いた椅子を持ち上げた。バラードはその椅子を静かに木の床に置き、身をかがめ、ラグマットの隅をできるだけ広くめくりかえして、コーヒーテーブルにかぶせた。

　バラードはうずくまり、床を見た。グレーウォッシュの木材は半円形の拭き取り痕が残る形で、汚れを落とされて白くなっていた。何者かが床のこのあたりを強力洗剤でゴシゴシ拭いたのだ。バラードはフローリング材のあいだの継ぎ目に注目した。実《さね》接《つ》ぎの床で、たとえなにを洗剤で取り除こうとも、残留物が下張り材に染みこんでいる可能性があった。

　プラダが近づいてくる重たい足音をバラードは感じた。ラグマットを元に戻し、立ち上がると、すばやく椅子を元の位置に戻したところにプラダが入ってきた。

「なにもない」プラダは言った。「あそこにはなかった」

「確かですか？」バラードは言った。「あのクローゼットに置いてきたはずなんだけど」

「確かだ。見た。もしあんたが望むなら、自分で見てくれればいい」

「あなたの言葉を信用します」

　バラードはベルトからローヴァーを外し、二度ボタンを押してから、話しかけた。

「6・アダム・14、あなたたちのどちらか、アパートの部屋でわたしの懐中電灯を拾った？」

プラダはげんなりして両手を宙に掲げた。

「おれをまた起こすまえにそいつらに確認しなかったのかい？」プラダは言った。

バラードはローヴァーがつながった状態を保つために手でボタンを押し続けた。

「落ち着いて下さい、プラダさん」バラードは言った。「最後の質問をしてかまいませんか？　そうすればわたしはもう失礼します」

「好きにするといい」プラダは言った。「質問して、帰ってくれ」

「リビングのラグマットになにがあったんです？」

「なんだって？」

バラードはその質問をしたときにはっきりわかる兆候を捉えた。相手の目に一瞬驚きが浮かんだのだ。ラグマットを動かしたのはプラダだ。

「聞こえましたか？」バラードは言った。「ラグマットになにがあったんです？」

「そのラグマットはそこにちゃんとある」プラダは愚か者を相手にしているかのように言った。

「いえ、それはダイニングのラグマットです。ほら、ダイニングテーブルの脚の痕がまだ付いている。もともとこの場所にあったラグマットをあなたが取り除いたため、ここに運びこんだんです。元のラグマットはどうなりました？　なぜあなたはそれを取り除かねばならなかったんです?」

「なあ、質問はもうたくさんだ。ラグマットのことは、ジェイコブが帰ってきたときに訊けばいい。どこにもおかしいところはないってわかるだろ」

「彼は帰ってきませんよ。そのことはおたがいわかっているでしょ。なにがあったのか話してちょうだい、タイラー」

「それはおれの名前じゃない。おれの名前は――」

プラダがいきなり部屋の向こうからバラードに向かって突進してきた。両手を鉤爪《かぎづめ》のように掲げ、バラードの喉元めがけて。だが、自分の言葉が相手に極端な手段を取らせるかもしれないと予想していたバラードはこれに用意をしていた。体をひねり、脚を軸に回転し、闘牛士のようにサイドステップで攻撃をかわすと、ローヴァーを持った手を掲げて、相手の背中にまわした。無線機の底の角を相手の背中に叩《たた》きこむと同時に脚を引っかけて転ばせた。プラダは部屋の隅に顔から先に倒れた。バラードは無線機を手から落とすと、武器を抜いた。片足を相手の背中に乗せ、頭に武器を向けた。

「起き上がろうとしたら背中に風穴をあけてやるから。二度と歩けなくなるわよ」

バラードは相手が体を緊張させ、乗せられている足の圧力を試すのを感じた。だが、すぐにプラダは力を抜いて、降参した。

「賢いわ」バラードは言った。

バラードがプラダに手錠をはめ、権利を読み上げていると、エレベーターのドアがあき、ヘレラとダイスンが廊下を駆けてくる足音が聞こえた。

すぐにふたりはコンドミニアムのなかにはいり、バラードのそばに来た。

「彼を立ち上がらせて、椅子に座らせて」バラードは命じた。「わたしは殺人課に連絡しなきゃ」

ふたりの巡査は近づいてきて、プラダの腕をつかんだ。

「あいつはおれを殺すつもりだったんだ」プラダが突然告白した。「おれの商売をほしがった。おれが働いてきたすべてを奪おうとした。おれはあいつと戦った。あいつは倒れ、頭を打った。おれはあいつを死なせたくなかった」

「だから、ラグマットでくるんで、死体をどこかに捨てたわけ？」バラードは訊いた。

「だれもおれの言うことなんか信用してくれないだろ。あんただって信じてないじゃないか」

「わたしが読み上げた自分の権利を理解した？」

「おれをバラバラにする気だったんだ」

「話すのをやめて、質問に答えなさい。わたしがいま読み上げた権利を理解してる？もう一度言ってほしい？」

「わかった、理解してる」

「オーケイ。ジェイコブ・キャディの死体はどこにあるの？」

プラダは首を横に振った。

「けっして見つけられないさ」プラダは言った。「大型ゴミ容器に捨てたんだ。どこであれ、ゴミが向かうところに向かった。そうなるのはあいつの自業自得だ」

バラードは廊下に出て、マカダムズ警部補に連絡することにした。ハリウッド分署刑事部のトップであり、バラードの本当のボスだった。めったに見かけることはないけれど。この規模の事件であれば、どんなものであれ、彼に直接連絡しなければならなかった。彼を起こすのに疚《やま》しい喜びを覚えた。彼は厳密に九時から五時勤務の人間だった。

「ボス、バラードです」バラードは言った。「殺人事件が発生しました」

28

　バラードがジェイコブ・キャディ事件をウェスト方面隊の殺人事件チームに引き継ぎ、刑事部屋に戻ってくると、ハリー・ボッシュが昨夜使っていた机に収まって、職務質問カードの箱を調べているのを目にした。

「眠ってないの、ボッシュ？」バラードは訊いた。

「今夜は眠ってない」ボッシュは答えた。

　バラードは机にコーヒーカップがあるのを見た。ボッシュは自分で休憩室からコーヒーを取ってきていたのだ。

「いつからここにいるの？」バラードは訊いた。

「そんなに長くじゃない」ボッシュは言った。「一晩じゅう、人を捜していたんだ」

「彼は見つかった？」

「彼じゃなく彼女だ。いや、まだ見つかっていない。そっちはどうしていた？」

「殺人事件に取りくんでいた。だから、その書類仕事を済ませないとならない。なので、きょうはシェイク・カードを見る暇はないでしょうね」

「かまわない。おれは進んだよ」

ボッシュはあとで詳しく調べるために脇へどけた何枚かのカードを掲げた。勝手に分署にやってきて、ひとりで事件に取りくむのは問題がある、と言いそうになったが、バラードは放っておくことにした。ボッシュとおなじ島にある椅子を引きだして、机のまえに腰を下ろした。

コンピュータにログインしてから、バラードはキャディ事件を引き継いだチームに送るための事件報告書を書きはじめた。

「どんな事件だったんだ？」ボッシュが訊いた。「その殺人事件は」

「死体のない事件」バラードは言った。「少なくともいまのところは。失踪人事件としてはじまり、それがわたしの呼ばれた理由。その失踪男性を殺したと認めたやつを逮捕した。死体をバラバラにして、大型ゴミ容器に捨てたんだって。ああ、それから、正当防衛だと言ってる」

「もちろんそう言うだろうな」

ころ、大型ゴミ容器はきのう中身を収集していっ

ので、ゴミ収集車がどこの業者のもので、どこのゴミ処理場を使

いるか突き止め次第、彼らはゴミ埋め立て地に出かけることになる。事件を最初から最後まで見ていられなくてありがたいと思う数少ない機会のひとつだな。この事件を担当することになったふたりはあまり嬉《うれ》しそうじゃなかった」

「おれも一度死体のない事件を担当したことがある。おなじだ。ゴミ捨て場にいかなければならなかった。だが、おれたちは一週間経ってから事件を担当した。それで、現場で二週間かけて探した。で、死体は見つかったんだが、違う死体だった。そんなことが起こるのはＬＡくらいだろうな」

「殺人事件の被害者を見つけたけど、あなたたちが探していた死体じゃなかったってこと？」

「ああ。探していた死体は結局見つからなかった。タレコミがあってそこに出かけたんだ。ひょっとしたら、元からそんな事件はなかったのかもしれない。おれたちが見つけた死体は、マフィアがらみの事件の被害者だった。結局、その事件もおれたちが解決したよ。だが、ゴミ捨て場に二週間通ったので、何ヵ月も鼻からにおいが消えなかった。それから服のことは忘れるんだな。全部捨てたよ」

「ああいう場所だとみごとに熟すと聞いたことがある」

バラードは仕事に戻ったが、五分もしないうちにボッシュに邪魔された。

「GRASPファイルについて確認する機会はあったか？」ボッシュが訊いた。

「実を言うと、調べてみた」バラードが答える。「全部消去されたことになっていたんだけど、あのプログラムを設計し、実行に協力したUSCの教授に関する情報をつかんだの。彼がデータを保管していることを期待している。きょうの朝八時にその教授と会う約束をしている。もしあなたに興味があるのなら」

「興味がある。途中で朝飯を奢るよ」

「この書類を提出しないと、朝食を取る時間がないと思うんだけど」

「わかった。口をつぐむ」

バラードは笑みを浮かべながら、報告書の作業に戻った。要約セクションに取りかかり、逮捕され、殺人事件から逃れるべく話をしないといけないと悟ったティルダス――現在の本名で逮捕手続きが取られていた――の自己本位の供述を記入した。正当防衛だったという必死の主張は、アパートに呼ばれた鑑識チームが、バスタブの排水トラップを引っ張り上げ、血液と組織を発見したときに信用性を失った。するとティルダスは死体を切り刻み、ビニールのゴミ袋にバラバラに分けて詰めたのを認めた

とは極端な方法だ。

がキャディの両親と家族を思って、バラードを心痛む気分にさせた。これから数時間か数日すれば、彼らは自分たちの息子が、死んで、バラバラにされ、埋め立て地のゴミのどこかに埋められたと仮定されていることを知るのだ。また、埋め立て地での失敗に終わった死体捜索に関するボッシュの話がバラードの関心をひいた。四肢切断以外の負傷をティルダスが提供する詳細と合わせて分析できるようにするには、キャディの死体発見が欠かせないものだった。もし死体の負傷が異なる話を語るのであれば、殺人犯を有罪にするのにジェイコブ本人が役立つだろう。

今回の事件を最後まで見届けることがなくて嬉しかったと言ったにもかかわらず、バラードはジェイコブ捜索に協力したいと志願するつもりだった。その場に居合わせる必要を感じていた。

バラードのシフトは午前七時に終わったが、その一時間まえにウェスト方面隊の刑事たちに報告書を電子メールで送っていた。バラードとボッシュは早めにダウンタウンに向けて出発した。ふたりは〈パシフィック・ダイニング・カー〉で朝食を取った。通りを挟んでランパート分署の向かいにある、ロス市警が伝統的に利用している高価な店だった。ふたりは現在の事件に関してあまり話をしなかった。その代わり、ロス市警でのおたがいの経歴について話をした。ボッシュは、当初、あちこちに配属され、ハリウッド分署殺人課で数年過ごしてから、強盗殺人課でキャリアを終えた。また、オレンジ郡の大学に通っている娘がいることも明らかにした。

娘の話をしたので、ボッシュはつい自分の携帯電話を取りだした。

「いまメールを送るんじゃないでしょうね？」バラードは問《と》い質《ただ》した。「大学生はこんな早起きはしないでしょ」

「いや、たんに居場所を確認しているだけだ」ボッシュは言った。「家にいるかどうかを確認する。もう二十一歳なのだから、心配が減るかと思っていたんだが、ますますひどくなる一方だ」

「父親が自分の居場所を追跡できるのを娘さんは知っているの？」

「ああ、取り決めをした。おれは娘を追跡できるし、向こうもおれを追跡できる。おれが娘を心配しているのとおなじくらい、向こうもおれのことを心配していると思う」

「それはすてきね。でも、彼女は部屋に携帯電話を置いておくだけで、父親に自分はそこにいると思わせることができるって、わかってる？」

ボッシュは携帯電話から顔を上げ、バラードを見た。

「……ボッシュは言った。「そんな心配の種をおれの頭に植え付けなければなかったのか？」

「ごめんね」バラードは言った。「でも、わたしが大学生で、親父《おやじ》が携帯電話を追跡できるとわかっていたら、ずっと持ち歩きはしないだろうな、と言ってみただけ」

ボッシュは携帯電話を片づけ、話題を変えた。

約束どおり、ボッシュはそこの会計を引き受け、ふたりはＵＳＣを目指して南へ進んだ。途中、バラードは、デニス・イーグルトンのことと、彼がデイジー・クレイトンとおなじ夜にムーンライト・ミッションのヴァンに拾われたことをボッシュに話した。それを超えてふたりのあいだに繋《つな》がりはほとんどないけれど、イーグルトンは、常習的犯罪者であり、もし居場所をつかんだら、事情聴取をしたい、とバラードは言った。

「ティム・ファーマーがイーグルトンと話をしていた」バラードは言った。「二〇一四年のシェイク・カードにその記録を残していて、〝イーグル〟は、憎しみと暴力に充《み》ちている、と書いていた」

「だが、暴力の実質的な記録はないんだろ？」ボッシュは訊いた。

「たった一度だけ暴行事件を起こしているけど、軽い罪に下げられている。壜《びん》で人の頭の鉢を割って、郡拘置所に一ヵ月入っただけで済んでいる」

ボッシュは返事をしなかった。まるでイーグルトンの軽い罪に関する話がよくあることだというかのようにうなずいただけだった。

午前八時までにふたりは南カリフォルニア大学のスコット・コールダー教授のオフィス・ドアのまえに到着していた。コールダーは三十代後半だった。つまり、ロス市警に採用された犯罪追跡プログラムを設計したときには二十代だったということだ。

「コールダー教授ですか?」バラードは言った。「わたしは刑事のバラードです。電話でお話ししましたね。こちらは同僚のボッシュ刑事です」

「どうぞ入って下さい」コールダーは言った。

コールダーは自分の机のまえにある来客用座席をふたりに勧め、自分の席に腰を下ろした。左胸に金でUSCの文字が入っているマルーン色のゴルフシャツというカジュアルな服装をしていた。頭を剃《そ》り上げ、スチームパンク・スタイルの長いひげを生やしていた。その姿がキャンパスの学生たちに馴染《なじ》むのに役立つとコールダーは考えているのだろう、とバラードは思った。

「ロス市警はGRASPをけっして解体すべきではなかった」コールダーは言った。

「もしまだそのままにしておいたら、いままさに配当を受け取っていただろうに」

バラードもボッシュもすぐには賛同を示さず、コールダーはキャンパスから数ブロところで学生たちへの暴行や強盗が相次いだあと、ＵＳＣ周辺での犯罪パターンの研究からいかにしてこのプログラムが生まれたかについて、簡単に説明をはじめた。データを収集したのち、コールダーは統計を用いて、大学周辺地域での将来の犯罪発生頻度と場所を予測した。ロス市警がその計画を嗅ぎつけ、当時の市警本部長は、コールダーのモデリングを市に適用するよう求めた。最初は三つのテストエリアからはじめて——住民の一過性の性質と、そこで発生する犯罪の多様性からハリウッド分署の管轄地域と、ヴェニスで発生する犯罪の独自性からパシフィック分署の管轄地域、そしてＵＳＣが含まれていることからサウスウェスト分署の管轄地域で。市の助成金がプロジェクトに交付され、コールダーと彼が指導する学生数名が、三つの分署の警察官たちとともに訓練期間を経て、データ収集に着手することになった。プロジェクトは、市警本部長の五年の任期が切れるまで、二年半にわたってつづいた。その後、警察委員会はコールダーを雇いつづけなかった。新しい本部長が指名され、彼は古きよき共同体警察に復帰すると宣言して、プログラムを打ち切った。

「恥ずべき出来事だった」コールダーは言った。「成功を手に入れかけた矢先だったんだ。ＧＲＡＳＰはチャンスを与えられれば役に立ったはずなんだ」

「そうみたいですね」バラードは言った。

共感の意を表すのにほかにどう言えばいいか思いつかなかった。バラードは犯罪の予見性に関して、自分なりの信念を抱いていただけに。

　ボッシュはなにも言わなかった。

「そうですね、プログラムの歴史的観点をお聞かせいただいてありがたいのですが」バラードはつづけた。「わたしたちがここに参りましたのは、そのデータのなにがしかを教授が保管されているのかどうかお訊ねしたかったんです。われわれは二〇〇九年の未解決殺人事件を捜査しています。その年はGRASPプログラムがはじまった二年目に当たります。つまり、プログラムが稼働してデータを集めていたはずです。もし殺害事件当夜の、ひょっとしたら殺害事件のあった週のハリウッドでの犯罪の全体像を示す、一種のスナップ写真を入手できれば役に立つだろう、とわれわれは考えました」

　コールダーはバラードの質問を考えているあいだ、黙っていた。やがて慎重に口をひらいた。

「新しい本部長はプログラムをやめたとき、すべてのデータを消去させたのを知っているよね？」コールダーは言った。「間違った人間の手に落ちるのを望まないのだ、った。あなたがたはそれを信じているのかな？」

の声ににじむ辛辣な調子は、彼が十年近く溜《た》めこんできた怒りをあらわにしていた。

「ほかのあらゆる記録を保管している市警の方針には少し矛盾しているように思えます」バラードはさりげなくそう言って、自分とはなんの関係もない政治的決定と現在の捜査が切り離されることを願った。

「愚かでした」ボッシュは言った。「すべての決断が愚かでした」

ボッシュがコールダーの協力を勝ち取るための手段であると、バラードは悟った。彼はだれにもしっぺ返しを食らわない立場にいた。言いたいことをなんでも言えた。とりわけ、コールダーが聞きたがっていることを。

「ぼくは自分の持っているプロジェクトの全データ・ストレージを消去しなければならない、と市警に言われたんだ」コールダーは言った。

「だけど、それはあなたの秘蔵《ひぞ》っ子《こ》だった」ボッシュは言った。「あなたはまったく消去しなかったんではないですか。そしてもしわたしの考えが正しいのなら、あなたは殺人事件を解決するのにわれわれの役に立って下さるかもしれません。それは、さささやかですが本部長に対するすてきなザマアミロになるでしょうね」

バラードは顔がほころぶのを抑えねばならなかった。ボッシュが完璧に演じているのがわかった。なにか持っているとしたら、コールダーはそれを差しだそうとしている。

「あなたたちが探しているのは、とくにどんなものなんでしょう？」コールダーは言った。

「われわれが捜査している事件の被害者が路上から拉致された夜を中心にした四十八時間の全犯罪の記録があれば」バラードはいきおいこんで言った。

「二十四時間まえから二十四時間あとまで？」コールダーが訊いた。

「前後それぞれ四十八時間でお願いします」ボッシュが言った。

バラードは手帳を取りだし、一番上のページを破り取った。彼女はそこにすでに日付を書き記していた。コールダーはそれを受け取って、見た。

「このデータをどの形で受け取りたいかな――デジタルあるいは印刷で？」コールダーは訊いた。

「デジタルで」バラードが答えた。

「印刷で」同時にボッシュが答えた。

「わかった、両方だね」コールダーが言った。

ルダーは日付が記されている紙にふたたび目を向けた。まるでそれ自体がとて大きな道徳的重さを持っているかのように。

「わかった」コールダーは言った。「できると思う」

29

コールダーはGRASPのデータを保管しているハードディスクを取ってくるのに一日必要だ、と言った。大学にではなく、民間の保管施設に置いてあるという。データを持っていってもらえる用意が整ったらすぐに連絡する、と彼は言った。

バラードは、自分たちの自家用車を駐車させる場所の心配をせずに済むようシティ・カーにふたりで乗ってきたのだが、大学を出発するまえにボッシュは近くのエクスポジション・パークで降ろしてくれるよう頼んだ。

「どうして？」バラードは訊いた。

「シャトルを見たことがないんだ」ボッシュは言った。「どんなものか見てみたいと思っていた」

役割を終えたスペースシャトル〈エンデバー号〉は、六年まえにLAに空輸され、[illegible]からセントラル地区の通りをゆっくりと移動し、公園の航空宇宙センター時に恒久展示されることになった。

バラードはボッシュが航空宇宙ミュージアムにいるところを思って、笑みを浮かべた。

「あなたは宇宙旅行が好きなタイプに見えないな、ハリー」

「全然そうじゃない。ただ、ほんとうに本物なのか知るために見たいだけだ」

「つまり、あなたは陰謀論を信じているタイプってわけ？　宇宙計画は作り話だというような？　フェイクニュースだと？」

「いや、いや、そんなんじゃない。信じているよ。ただ、ほら、驚くべきことなんだ、われわれがああいうものを打ち上げて、地球を周回させ、人工衛星を修繕し、なんであれやる予定のことをやれたんだと考えるのは。この下界ではいろいろと解決できずにいるというのに。ここに運ばれてきたときから、一度は見たかった。おれは……」

どうつづけていいのか、不確かな様子で、尻すぼみになった。

「なに？」バラードは促した。

「いや、たんにこう言おうとしていたんだ、おれは一九六九年当時、ヴェトナムにいたんだって」ボッシュは言った。「きみが生まれてもいない昔のことだ、わかってる。で、あの日たまたま、おれは、トンネル網から敵を掃討しなければならなかった危険な作戦を終えて、空挺部隊《くうていぶたい》のベースキャンプに戻っていた。それがあの地でおれのやっていたことだ。トンネル。午前も遅くなっていて、ベースキャンプは、ほぼ無人だった。ゴーストタウンのようだった。なぜなら、だれもがテントのなかに座り、ラジオに耳を澄ましていたからだ。ニール・アームストロングが月面を歩こうとしていた。だれもがそれを聞きたがっていた……。

ほら、おなじことなんだ。ここでこんなにもひどい状況に陥っているのに、どうやっておれたちは人に月の上を飛び跳ねさせているんだ？　つまり、その作戦をおこなったその朝……おれはひとりの人間を殺さねばならなかった。トンネルのなかで。おれは十九歳だった」

ボッシュは車窓の外を見ていた。独り言を言っているかのようだった。

「ハリー、ほんとに気の毒だわ」バラードは言った。「そんな年齢でそんな状況に置かれて。どんな年でも関係ないけど」

「ああ、そうだな……」ボッシュは言った。「当時はそんなのがあたりまえだった」

ボッシュはそれ以上なにも言わなかった。バラードは疲労が波のようにボッシュか

いるのを感じ取ることができた。

を見にいきたい？」バラードは訊いた。「分署のあなたの車のところまで連れていってあげるというのはどう？」

「いや、降ろしてくれ。タクシーを拾うか、ウーバーを呼ぶよ」

バラードは車を発進させ、公園まで数ブロックを運転した。ふたりは口をひらかなかった。バラードはシャトルを収容している巨大な建物にできるだけ近いところまでボッシュを運んだ。

「もうあいているかどうかわからないけど」バラードは言った。

「かまわない」ボッシュは言った。「なにかやることを見つけるさ」

「それが済んだら、家に帰って、眠らないと。疲れているみたいよ、ハリー」

「それはいい考えだな」

ボッシュはドアをあけたが、降りるまえにバラードに視線を戻した。

「一応話しておくが、おれはサンフェルナンドで終わったんだ」ボッシュは言った。

「だから、デイジー事件に百パーセント専念できる」

「どういう意味、終わったというのは？」バラードは問い返した。

「めちゃくちゃな状況にしてしまった、とでも言うかな。証人が殺され、それはおれの責任になるだろう。おれはその男を守るための措置を充分に講じなかった。すると、おれと情報を漏洩《ろうえい》したやつとのあいだで、ややこしい事態が起こり、おれは本部長に停職処分を下された。予備警官なので、なんの保護もされないんだ……だから、たんに終わった。そういうことだ」

バラードはボッシュがさらになにか言うかどうか待ってみたが、ボッシュはなにも言わなかった。

「で……あなたが一晩じゅう捜していた女性というのは」バラードは言った。「それもその事件の一環なの？」

「いや」ボッシュは言った。「それはデイジーの母親だ。おれが家に帰ると彼女は出ていっていた。きみが彼女と話す機会を設けられなくてすまない」

「それはかまわない」バラードは言った。「彼女は元の生活に戻ったと思ってるの？」

ボッシュは肩をすくめた。

「おれは昨夜、彼女がよく訪れていた場所を片っ端から当たってみた」ボッシュは言った。「だれも彼女を見ていなかった。だが、そこはおれの知っている場所でしかない。ほかにも出入りしていた場所はあったはずだ。金を稼いで、オキシコドンを摂取する場所。彼女を受け入れる連中がいる場所。たんにグレイハウンドに乗って、出て[illegible]る。そっちのほうがおれの願っていることなんだが。だけど、できるときには捜しつづけるつもりでいる」

　バラードはうなずいた。それでこの会話は終わりになるように思えたが、バラードはボッシュにあることを話したくなった。ボッシュが降りようとすると、バラードは口をひらいた。

「わたしの父もヴェトナムにいってたの」バラードは言った。「あなたを見ると父を思いだす」

「それはほんとかい？」ボッシュは言った。「このLAに住んでいるのか？」

「いいえ、わたしが十四歳のとき亡くなった。でも、戦争中、父はハワイにやってきて……なんと言ってたかな、賜暇《しか》で？」

「ああ、あるいは上陸許可だ。おれもハワイに二、三回いったことがある。CONUSには戻らせてくれなかった。だから、香港《ホンコン》やシドニーやほかにいくつかの場所にいけた。だけど、ハワイが一番よかった」

「CONUSってなに？」

「コンチネンタル・ユナイテッド・ステイツ。アメリカ本土という意味だ。あらゆる反戦抗議活動のせいで、本土には兵士を帰したくなかったんだ。だけど、ホノルルでうまくやりくりすれば、民間飛行機に潜りこんで、LAには戻れた」

「うちの父がそんなことをしたとは思わないな。ハワイで母と出会い、戦争が終わってから、父はハワイに戻り、そこに留《とど》まった」

「おおぜいの男たちがそうした」

「父はもともとヴェンチュラの出身なの。わたしが生まれたあとで、わたしたちはそこへ祖母を訪れるようになった——年に一度くらい——だけど、父はこっちへ戻ってきたがらなかった。あなたとおなじようにここを見ていた。めちゃくちゃの世界だと。ビーチでキャンプして、サーフィンをしたいとだけ思っていた」

ボッシュはうなずいた。

「わかるよ。きみのお父さんは賢明だった。おれは愚か者だった。おれは戻ってきて、なにかできると思ってしまったんだ」

バラードが返事をする暇もなく、ボッシュは車を降り、ドアを閉めた。バラードはボッシュがスペースシャトルを保管している建物のほうへ歩いていくのを見つめた。ボッシュが軽く足を引きずっているのに気づいた。

「そんなつもりで言ったんじゃないよ、ハリー」バラードは、声に出して言った。

30

バラードが車を乗り換え、ヴェニスまでいき、ローラを迎え、ビーチにたどり着いたころには、午前中もなかばになっており、風が強まって海原に六十センチの三角波を立てており、パドリングをするのは挑戦事になりそうだった。いつもはパドリングで癒やしを得ていたのに。運動を必要としていたのとおなじくらい、もっと眠る必要がある、とバラードはわかっていた。テントを張り、そのまえにローラを見張りにつけ、休息するためもぐりこんだ。うつらうつらしながら父親のことを考え、彼がお気に入りのサーフボードにまたがり、ヴェトナムについて、人を殺したことについて自分に話したのを思いだした。ボッシュが口にしたように口にし、やらなければならなかったんだと言い、その事実とともに生きていかねばならなかったんだと言った。父はヴェトナムでの経験のすべてを一言にまとめた。「シン・ローイ」と。ヴェトナム語で、「お気の毒様」という意味だ。

四時間後、目覚まし時計の振動音でバラードは目を覚ました。深く眠っていて、覚醒は遅く、見当識を失った。ようやく上体を起こし、片手でテントのフラップをめくり、ローラの様子を確認した。飼い犬はそこにいて、日光浴をしていた。期待をこめた目でローラは飼い主を見返した。

「お腹空《なかす》いた、お嬢ちゃん？」

バラードはテントから這《は》いだし、伸びをした。ローズ・アヴェニュー監視塔を確認し、アーロン・ヘイズが巣にいて、海に目を凝らしているのを見た。海に泳いでいる人間はいなかった。

「おいで、ローラ」

バラードは砂の上を歩いて、ライフガードの監視塔に向かった。犬はあとをついてきた。

「アーロン」バラードは監視塔に声をかけた。

ヘイズは振り向き、止まり木から下を向いてバラードを見た。

「レネイ。きみのテントを見たけど、起こしたくなかったんだ。大丈夫かい？」

「ええ。あなたはどう？」

「ほら、ベンチに復帰した。だけど、きょうはとても静かだ」

バラードは泳ぐ人間が少ないことを確認するためであるかのように海面に目を走らせた。

「今夜、食事をいっしょにしないか？」アーロンが訊いた。

「仕事をしないといけないな」バラードは言った。「電話をかけてみて、どうなるか確かめさせて。こちらから連絡する」

「おれはここにいるよ」

「携帯電話を持ってるの？」

「自分の電話を持ってる」

監視塔にいるあいだ、私物の電話を持参しているのは規則に反していた。一年まえ、メールを打っていたライフガードが助けを求めて手を振っている溺れかけた女性を見過ごすというスキャンダルがレスキュー・クルーたちを震撼《しんかん》させた。アーロンがメールを打ったり、電話に出たりしないのをバラードは知っていたが、彼は海から目を離さずにメッセージを再生できるのだった。

バラードはテントに歩いて戻り、ビーチ用スエットのポケットから携帯電話を取りだすと、トラヴィス・リーからもらった番号にかけた。リーは、けさ、ジェイコブ・キャディの事件を引き継いだ殺人事件担当刑事のひとりだった。リーが電話に出、バラードは事件の状況を訊ねた。リーはけさ早く、自分とパートナーのラヒム・ロジャーズにとって、これは尋常ならざる状況だと言っていたのだ。彼らはバラードのおかげで、罪を認め拘束された殺人犯がすでにいる事件を担当することになり、刑事の仕事は、被害者のバラバラの遺体を捜すことだった。

「例の大型ゴミ容器の収集をしたトラックを追跡した」リーは言った。「そのトラックは最初サンランドにある分別センターに向かい、そこでリサイクル用に選別されなかったものは、シルマーの埋め立て地に捨てられた。信じようと信じまいとかまわないが、その埋め立て地は、サンシャイン・キャニオンという名前なんだ。おれたちはいま月面宇宙服を着ており、これからゴミ拾いをはじめようとしている」

「余分の月面宇宙服はある？」バラードは訊いた。

「志願するつもりか、バラード？」

「そのつもり。最後まで見届けたいの」

「だったら、来てくれ。着付けをしてやろう」

「一時間でいくわ」

荷物をまとめ、ローラを犬のデイケア・サービスに預けてから、バラードはフリーウェイ405号線をまっすぐ北に向かい、セプルヴェーダ・パスの黒焦げになった丘を通り抜け、ヴァレー地区に入った。途中でアーロンに電話をして、夕食をいっしょにするのは無理みたいというメッセージを残した。

シルマーはヴァレー地区の北端にあり、サンシャイン・キャニオンは、４０５号線と14号線の交差点がつくる不潔な場所にあった。バラードはそこに到着するまえからにおいを感じていた。埋め立て地にサンシャイン・キャニオンのような名前を付けるのは、典型的な糊塗《こと》手段だった。なにか醜いものや恐ろしいものに美しい名前を付けるのだ。

到着すると、バラードは全地形対応車で捜索場所まで送り届けられた。リーとロジャーズと鑑識チームは、スキーのポールのようなものを使って、黄色いテープで立ち入り禁止にされたゴミの区画をすでに突いているところだった。縦三十メートル、横九メートルほどの面積で、ジェイコブ・キャディのコンドミニアムの大型ゴミ容器がある巡回ルートのゴミ・トラックが収集したゴミの捨てられた範囲がここなのだろう、とバラードは推測した。

埋め立て地のゴミ投棄ゾーンの周囲にある未舗装の道路に鑑識チームが可動式天蓋を設置し、その天蓋の下にテーブルが一脚あった。予備の道具がそこに広げられており、危険物処理用ビニール・カバーオール、呼吸マスク、目の防護カバー、手袋、使い捨て靴カバーの箱、安全帽、ダクトテープ、壜入り水の入ったケースが載っていた。テーブルの隣に置かれた樽《たる》には、予備の検索ピックが入っており、そのうち一部には発見物に印をするためにオレンジ色の旗が取り付けられていた。

バラードは全地形対応車の運転手からの、安全帽は埋め立て地のゴミがある場所では着用が義務付けられているという注意とともに降ろされた。バラードはまず呼吸マスクから装着した。臭気はあまり遮ってくれなかったが、大きめの粒子状ゴミを吸入するのを少なくしてくれるかもしれないと知って安心した。次に月面宇宙服を自分の服の上に着たが、ゴミの山の捜索者たちのだれも防護服のフードを引っ張り上げていないのに気づいた。バラードはフードを引き上げた。セミロングの髪の毛をビニールのなかにすっかりたくしこみ、紐《ひも》を引いて、フードを顔から動かないようにした。手袋と使い捨て靴カバーを身につけ、ダクトテープで防護服の袖口と裾を手首と足首のまわりで密封した。目の防護カバーをつけ、両側に23の数字のついたオレンジ色の安全帽をかぶってその身支度を締めくくった。用意が整った。樽からピックを一本、手につかみ、ほかの捜索者たちに向かってゴミを横断しはじめた。一列に並んでいる五人がおり、捜索ゾーンで苦労しながら進んでいた。

彼らがフードを引き上げていなかったので、バラードは容易にリーとロジャーズを見分けられた。

「この列に割りこませたいのか、それともほかのことをやらせたいのか？」バラードは訊いた。

「きみか、バラード？」リーが言った。「ああ、割りこんでくれ。なにも見落とさない確率が上がる」

リーは左に、ロジャーズは右に移動し、バラードが列に入るスペースを空けた。

「黒いビニール袋だ、バラード」ロジャーズが言った。「それに青い引き紐が付いている」

「了解」バラードは言った。

「みんな、こちらがレネイだ」リーが言った。「彼女のおかげで、われわれはきょうここにいなきゃならない。レネイ、これがみんなだ」

バラードはだれにも見えないのにほほ笑んだ。

「わたしが悪うございました」バラードは言った。

「いや、きみはよかったんだ」ロジャーズが言った。「きみがいなければ、あのニュージャージーから来たクソ野郎は逃げおおせていたかもしれん。それにここの人間の話だと、もしいまから二日か三日経って来ていたなら、いまみたいにゴミを捨てた場所を限定することはできなかっただろうということだ。おれたちは運がよかった」

「さあ、また幸運に見舞われるよう祈ろう」リーが付け加えた。

一行はゆっくりと動いた。一歩進むごとに足が三十センチかそれ以上ゴミのなかに沈み、スチール製のピックを使って、ゴミを探っていく。ときどき、捜索者が立ち止まり、手を使ってゴミを取り除くにつれ、一列の整然さが崩れていった。

ある時点で、リーは時間が気になるようになり、ほかのメンバーにペースを上げるよう頼んだ。少なくとも四時間は日照があったが、もし遺体の一部が見つかりはじめたら、鑑識捜査がはじまるので、リーは陽の光のなかでそれをおこないたいと思っていた。

バラードが捜索に加わってから一時間後、最初の遺体の一部が見つかった。法医学技師のひとりが黒いビニール袋を発見し、ピックで破った。

「ここよ」彼女は声を張り上げた。

ほかの者たちが発見物のまわりに集まってきた。裂けた袋のなかに一組の下肢があった。膝の真下で切られていた。技師が携帯電話で写真を撮っているあいだにロジャーズは旗の付いたピックを取りに備品テーブルにあともどりをしはじめた。最初の発見物をマーキングしたあとで捜索を再開する予定だった。リーは携帯電話を取りだし、検屍局《けんしきょく》にこの現場を仕切らせようとした。

次に見つかった証拠は、リビングのラグマットだった。バラードが自分の捜索経路でそれに遭遇した。ゴミの山の頂上近くに乗っていたが、中華料理屋から出たゴミのようなものが入っている裂けた袋のせいで見えなくなっていた。ラグマットはゆるく巻かれていた。ゴミから引っ張りだされ、ほどかれると大量の血の染みが現れたが、遺体の一部はなかった。

バラードが旗付きピックでその発見物をマーキングすると、最初に黒い袋を見つけた法医学技師のココロが、さらにふたつ見つけたと声を上げた。またしてもそのまわりに陰鬱な集結がおこなわれた。ひとつの袋にはジェイコブ・キャディの頭部が入っており、もうひとつの袋には彼の両腕が入っていた。

キャディの顔に外傷はなく、落ち着いた表情をしていた。目と口は閉ざされており、まるで眠っているかのようだった。ココロがさらに写真を撮った。

両腕には死体切断時に付いた明白な損傷以外に外傷が付いていた。両方の前腕とてのひらに深い引《ひ》っ掻《か》き傷《きず》があった。

「防御創だな」ロジャーズが言った。「攻撃を避《よ》けようと両手を上げたんだ」

「完璧な殺人事件のできあがりだ」リーは言った。

一行は発見物の場所に旗を立てて目印にし、先へ進んだ。検屍局のヴァンと、鑑識チームが到着するまでに、彼らは遺体の残りの部分が入っているさらにふたつの袋を発見し、死体切断に使用した大型ナイフと弓のこが入っている第三の袋も発見した。ジェイコブ・キャディは、埋葬のため、完全に回収された。彼の家族をあとあとまで悩ませずに済むであろう、ひとつの成果だった。

バラードは天蓋の下のテーブルに戻り、マスクを下げ、一息にボトルの水を半分飲んだ。リーもおなじようにやってきた。捜索者たちは検屍局の調査員と事件現場カメラマンがすべてを記録できるよう、ゴミから移動していた。

「なんてすてきな世界だ」リーは言った。

「なんてすてきな世界だ」バラードは繰り返した。

リーが水のボトルをあけ、グイグイと飲みはじめた。

「ティルダスの取り調べはどこまで進んでるの？」バラードは訊いた。

「自分の正当防衛話を語らせてテープに録音している」リーが言った。「それが説得力を持たないとわかるのに充分な材料をここで見た。あいつは落ちていく」

「被害者の両親はどうなってる？　どこまで話したの？」

「ひとりの男を拘束しており、あなたがたは心の準備をしておいたほうがした。まだ詳細には触れていない。これから触れるつもりだ」

「わたしの仕事じゃなくてよかった」

「おれたちはでかい成果を挙げられた。で、きみはしばらくまえに強盗殺人課にいたんだろ？」

「ええ、二、三年」

リーはそれ以上なにも言わず、なにがあったんだという質問を埋め立て地の悪臭のように宙ぶらりんにした。

「選んでレイトショーにいったんじゃない」バラードは言った。「でも、結果的に、自分のやってることを気に入ってる」

バラードはそこまでにした。ボトルから水をもう一度飲むと、呼吸マスクを着け直した。マスクやほかのなにもかもが役に立っていない気がした。埋め立て地の悪臭が毛穴に侵入していた。ここの用が済んだら、フリーウェイ118号線を突っ走って、ヴェンチュラの祖母の家にいき、衣服を二度洗濯機にかけながら、少なくとも半時間はシャワーの下にいようと計画した。ヒーターのお湯を使い切ることになるだろう。

「ここから出ていくわ、トラヴィス」バラードは言った。「遺体は手に入った。わたしはシフトがはじまるまえに綺麗にしなきゃならない」

「ああ、がんばってくれ」リーは言った。

リーは捜索に志願してくれたバラードに礼を言い、無線で全地形対応車を呼び、彼女を駐車場のヴァンのところまで運ぶよう伝えた。

リーはパートナーと合流し、捜査を観察するため、ゴミの山に戻っていった。乗せていってくれる車を待っているあいだ、バラードはふたりの検屍局調査員が死体回収袋を広げはじめたのを見守っていた。一枚以上持っていればいいのだけど、と彼女は思った。現場に背を向け、西を見る。太陽がゴミの山が作る稜線《りょうせん》の向こうに沈もうとしていた。空はサンシャイン・キャニオンの上でオレンジ色になっていた。

BOSCH

31

ボッシュの携帯電話がブーンと唸《うな》った。画面には「非通知」と出ていたが、ボッシュはベラ・ルルデスからまたかかってきたのだろう、と思った。過去二回、ボッシュはルルデスからの電話をメッセージに任せており、彼女はボッシュの停職処分と、自分たちふたりで決めて、行動に移した対ルゾーン計画の責任をボッシュがかぶったことについて話し合いたいとボイスメールに残していた。だが、ボッシュはその件についてはまだなにも話したくなかった。

ボッシュはブラックコーヒーをまたゴクリと飲み、ヴァンナイズ大通りにあるクリニックの入り口から目を離さずにいた。過去二時間、一定の人の流れはあったが、クリニックをふらふらと出入りする人々のなかにエリザベス・クレイトンの姿はなかった。

まもなく午後八時になり、クリニックは閉院しようとしていた。

ボッシュはショートメッセージをふたたび確認した。娘にメッセージを送って、週末、朝食あるいは夕食をいっしょに取りに列車に乗ってそっちにいっていいかどうか訊ねていた。エンジェルスの試合を見にいってもいいと。だが、四十分が経過しても、返事はなかった。ボッシュは娘のスケジュールを押さえており、夜間の授業はないと知っていたが、携帯電話の電源を切って図書館で勉強している可能性はあった。追跡されたくないときに携帯電話を持っていかないことについてバラードが言った言葉をボッシュは考えた。これがそういう機会のひとつなんだろうか。

ボッシュは携帯電話の追跡アプリを起《た》ち上げたが、娘の居場所を突き止められるまえに、あらたな電話がかかってきて電話が唸った。今回、IDはブロックされておらず、ボッシュは電話に出た。

「レネイ、どうした？」

「やあ、ハリー、いまどこにいるの？」

ボッシュは彼女が車を運転しているのがわかった。

「ヴァンナイズだ」ボッシュは答えた。「ペイン・クリニックを見張っている。エリザベスを捜して」

「ノース・ハリウッドまであとをたどると言ってたんじゃなかったっけ」バラードは言った。

「言った。だけど、おれはそこに昨晩いたんだ。なんの気配もなかった。今夜は、彼女が以前にいったクリニックを見張っている。ひょっとしたら姿を現すかもしれない。きみはどこにいるんだ？　フリーウェイを走っているような音がするが」

「ヴェンチュラから101号線をLAに向かっている」

バラードは、ゴミ埋め立て地での発掘作業と、祖母の家で身ぎれいにする必要があったことをボッシュに話した。

「今晩、分署《ショップ》であなたに会えるかしら？」バラードは訊いた。

「ここでなにか起こらないかぎり、立ち寄るよ」ボッシュは言った。

「コールダー教授からメッセージを受け取った。わたしたちのためにGRASPファイルをサムドライブに入れたと言っていた。それをあした学校に持っていく予定とのこと。もし合流する気があるなら、わたしはシフトのあとでUSCにいくつもり。あなたのためにハードコピーを印刷できるわ」

「ああ、おれを勘定に入れてくれ」

「わかった。今夜、運がよければ静かなシフトになって、シェイク・カードのチェックを終えられるかもしれない」

「幸運を」

バラードは電話を切り、ボッシュはペイン・クリニック監視に戻った。

自分がなぜこういうことをしているのか、ボッシュは定かではなかった。あのクリニックを開業しているいかがわしい医師、アリ・ロハトとエリザベスは過去に繋がりがあったものの、ロサンジェルス・エリアには何千軒ものクリニックがある。エリザベスはそのなかの一軒にいるかもしれないし、まったくいないかもしれない。なにかをするためにやっているのだろう、とボッシュは推測した。ほかに取れる選択肢は、空っぽな家に戻り、彼女についてあれこれ思うことだった。

ボッシュは見込みの薄い賭けのほうを選択するつもりだった。そのうえ、クリニックに集中していれば、最近の失敗についてのより暗い考えを少しは頭から遠ざけていられた。ボッシュは、自分が最近の行動の批判的自己評価を先延ばしにしているという自覚があった。もはや自分がこの仕事をするのにふさわしくないという判断を含むかもしれない評価を。それはボッシュがしなければならない決断だったが、自分の基準をこれまでに出会ったほかのだれよりも高く設定しているのをボッシュはわかっていた。もし自分が引退の頃合いだと思えば、それで決まりだった。

携帯電話がまた鳴った。また匿名の発信者だった。今回、ベラ・ルルデスとの会話を終わらせようと判断した。電話に出る。

だが、それはベラ・ルルデスではなかった。

「よう、クソ野郎」

その声に聞き覚えはなかった。スペイン訛《なま》りがあり、年齢は三十代なかばから後半だと推測する。声に重みがあった。

「だれだ？」

「どうでもいい。どうでもよくないのは、おまえが間違った人間を相手にしていることだ」

「それはどの人間のことだ？」

「そのうちわかるさ、おまんこ野郎《マザファアツカ》。すぐにな」

「コルテスか？　おまえはコルテスか？」

電話は切られた。

ボッシュは永年にわたり数多くの脅迫を受け取ってきた。その大半は今回のような匿名だった。脅迫を受けてもボッシュは立ち止まらなかった。電話をかけてきたのは、コルテスか、サンフェル団の構成員だと推測せざるをえなかった。そしてそれは相手がボッシュ個人の携帯電話の番号を知っていたことを説明していた。ボッシュがマーティン・ペレスに渡し、最終的にペレスが殺されたあと歯のあいだに差しこまれていた名刺にその番号を書き記していた。それもまたボッシュが最近しでかした失敗の長くなりつづけている列に加わっているものだった。保護を求めないというペレスの意向を認めたことにはじまり、ルゾーンに出し抜かれ、囚房に閉じこもって自殺しようとさせてしまったことに終わる失敗の列。

ボッシュはベラ・ルルデスに電話をかけ、いまの脅迫について話すことに決めた。脅迫が実行されることはめったにないが、今回の脅迫がその例外になった場合に備えて、これを記録しておくべきだと考えた。電話をかけてみると、ルルデスはまだオフィスにいて溜まった書類仕事をおこなっているところだった。

「一日じゅうあなたに連絡を取ろうとしていたのよ、ハリー」

「わかってる。忙しくて、電話をする機会がなかったんだ。どうした？」

「いずれルゾーンとあなたの馬鹿げた停職処分について話をする必要があるけど、現時点で、それよりも重要なことがあるの。ギャング情報班の人間が、きょう、ある情報をつかんだ。サンフェル団があなたを暗殺対象にした」

ボッシュは長いあいだなにも言わず、たったいま受け取った脅迫のことを考えた。

「ハリー、聞いてる？」

「ああ、考えごとをしていたんだ。その情報の確度はどれくらいだ？」

「あなたに警告したいくらい確かなものだと言ってた」

「そうか、たったいまおれの携帯電話に匿名の電話がかかってきた。個人の携帯電話にだ。そいつはおれを脅した」

「クソ、声に覚えはあった？」

「いや、ないな。コルテスかもしれないし、ほかのだれかかもしれない。だが、暗殺指令が本物なら、なぜおれに電話してきて、脅迫するんだ？　それは筋が通らないとは思わないか？」

「ええ、そうね。でも、この件をあなたは真剣に受け止めないといけないわ」

「やつらはおれの住んでいるところを知っていると思うか？」

「わからない。念のためにそこに近づかないほうがいいかもしれない」

ボッシュは頭にバンダナを巻いた女性がクリニックを出て、ヴァンナイズ大通りを南へ歩きだしたのを見た。エリザベスとおなじ痩せた体つきをしていたが、とても足早にボッシュのいる方向に背を向けたので、彼女かどうか確認できなかった。バンダナが髪の色と長さを隠していた。

「ベラ、おれはいかなくちゃならない」ボッシュは言った。「随時連絡してくれ。口だけだと思うが、なにか違うことを耳にしたら教えてくれ」

「ハリー、あなたは保護が——」

ボッシュは電話を切り、車を発進させた。通りをゆっくりと進み、女性から目を離さずにいた。彼女はほぼ一ブロック先まで達しており、ボッシュは通り過ぎてから縁石に車を寄せ、車を降りて相手がエリザベスかどうか確かめようと計画した。彼女を見つけることに集中するあまり、いったん見つけてから事態にどう対処するのかはっきりしていないことを悟った。

女性は角に達すると、そこを曲がり、ボッシュは姿を見失った。照明で明るく照らされているヴァンナイズ大通りで女性を識別し、対峙《たいじ》するという計画が変わった。スピードを上げ、女性が曲がったのとおなじ角を曲がった。閉店したペンキ屋の陰にふたりの男性とともに先ほどの女性が立っているのがすぐに目に入った。男のうちひとりが両手を受け皿状にして、女性がそこになにかを置いていた。ボッシュはまだ彼女の顔をよく見ることができずにいた。ボッシュは三人の真正面の縁石に車を寄せて停めた。

すぐさま男性のひとりがヴァンナイズ大通りと直交している路地の方角へ駆けだした。女性と残っている男は凍りついて突っ立っていた。ボッシュの古いチェロキーは、警察車両とは似ても似つかないものだった。ボッシュはセンター・コンソールからミニ懐中電灯をつかんで飛び降り、ジープの屋根越しにふたりから見えるよう両手を高く掲げた。

「大丈夫だ。たんに話をしたいだけだ。話をしたいだけだ」

まわりこむと、男が尻ポケットからなにか取りだし、女性の体をブラインドにしたのをボッシュは見た。それが銃なのかナイフなのか煙草《たばこ》のパックなのか、見分けがつかなかった。だが、経験上、もし銃を持っていたら銃を見せるものだった。

ボッシュはふたりから二メートル弱離れて足を止め、両腕はまだ掲げたままだった。

「エリザベス？」

ボッシュは暗闇に目を凝らした。見分けがつかず、相手の女性も返事をしなかった。両手をまだ頭上に掲げたままで、ボッシュは懐中電灯のスイッチを入れ、光線を女性に向けた。

エリザベスではなかった。

「オーケイ、すまん、人違いだ」ボッシュは言った。「邪魔したな」

ボッシュは後退しようとした。

「クソッタレ、なにが人違いだ」男が言った。「なにやってんだ、こんなふうに人に駆け寄ってきて」

「言っただろ、人を捜しているんだ、いいな？　すまなかった」

「おれは銃を持ってたかもしれないんだぞ、クソッタレな間抜け。てめえのケツを吹っ飛ばしていたかもしれんのだぞ」

ボッシュは上着の下に手を伸ばし、ガンベルトから銃を抜いた。銃身を掲げ、ふたりに向かって一歩近づいた。

「おまえが言っているのはこういうことか？」ボッシュは言った。「おまえが持っているのはこれか？」

男は手にしていたものがなんであれ取り落とすと、両手を上げた。

「すまん。ごめんよ」男は叫んだ。

「その物騒なものをどけて」女がわめいた。「あたしたちはだれも傷つける気がない」

ボッシュは歩道を見おろし、男が落としたものを見た。それはプラスチック製のピル・クラッシャーだった。彼らは女性がクリニックで手に入れた薬物《ピル》を吸引するため、粉状に砕こうとしていた。ボッシュはまえの年、潜入捜査をおこなっていたとき、まったくおなじクラッシャーを持ち歩いていた。

たちまち、目のまえにいるふたりの人間の哀れな暮らしを悟って、ボッシュはショックを受けた。エリザベスはこんな暮らしに戻ってしまったのだろうか、と訝《いぶか》る。ボッシュは銃をホルスターに入れ直し、チェロキーのドアのところへ戻ると、ふたりの中毒患者がボッシュをじっと見ていた。

「あんたはなんだい、警官みたいなもの？」女性が声を張り上げた。

ボッシュは車のなかに入るまえに女性を見た。

「そのようなものだ」ボッシュは言った。

ボッシュは車に乗り、トランスミッションをドライブにして、その場を離れた。

今夜はおしまいにしよう、と決めた。もしエリザベスが自分の意思でそこにいるのなら、彼女はもはやボッシュに捜してほしいとは思っていないのだろう。ボッシュは自宅に向かい、彼女のためにできることはやり終えたという考えを受け入れた。彼女の娘を殺した犯人の捜索はつづけるつもりだったが、エリザベスを捜すのは、もはや優先事項ではなくなるだろう。

ボッシュはカーウェンガの〈ポキート・マス〉でタコスをテイクアウトし、自宅を目指して丘をのぼった。計画では、食事をし、シャワーを浴び、新しい服に着替えるつもりだった。それからハリウッドに向かい、バラードとともにシェイク・カードを読む。

家は明かりを点けるのを忘れていたせいで暗かった。勝手口からキッチンに入り、冷蔵庫のボトル入りの水を手に取ってから、夕食を取るため、裏のデッキに向かおうとした。

リビングを横切っていると、デッキに通じる引き戸が半分あいているのにボッシュは気づいた。足を止める。自分がそんなふうにしておいたのではないとわかっていた。そのとき、後頭部に銃口が押しつけられるのを感じた。

娘の姿がボッシュの心に去来した。数年まえの、ボッシュが運転を教え、よくやったと伝えた瞬間の姿だった。娘は誇らしげにボッシュにほほ笑んでいた。

BALLARD

32

バラードは一週間ずっと待ちつづけていたたぐいの夜を過ごしていた。刑事の出動要請はなく、応援要請もなく、巡査が協力を求めています要請もない。シフトのあいだ刑事部屋にいて、食事でさえ、受付デスクに届けてもらうよう注文した。それによって残りの職務質問カードに時間と力を集中できた。

追跡調査に該当するカードを抽出するという意味では、最初の二箱では成果が少なかった。このプロジェクトの開始当初から積み上げてきた束にわずか二枚しか加えられなかった。だが、三番目の箱では、五枚を抽出でき、そのうち三枚はすぐにでも最上位へ置くべきだとバラードが感じたものだった。

デイジー・クレイトン殺害の三週間まえ、ふたりのパトロール警官がパトカーを停め、サンセット大通りとガワー・ストリートの交差点の南側の赤い縁石に違法駐車していたパネル・ヴァンを調べた。警官たちが近づいていくと、ヴァンのなかから複数の人声が聞こえ、内部に明かりが見えた。バックドアには窓があり、間に合わせのカーテンが窓のひとつにかかっていたが、一部隙間があいているのに警官たちは気づいた。狭い隙間から、マットレスの上で男女がセックスをしており、ふたりめの男がその様子をカメラで撮影しているのが見えた。

警官たちはその一行の行為をやめさせ、ヴァンに乗っていた三名全員の身元を確認した。女性に――売春行為で逮捕歴あり――セックスとそのビデオ撮影が両方とも合意の上であることを警官たちは確認した。彼女は金銭のやりとりがおこなわれていること、あるいは自分が売春行為に携わっていることを否定した。

いっさい逮捕はおこなわれなかった。三人を起訴できるような犯罪はなかったからだ。法律の下、もし公に目撃されていたり、市民が不快な思いをしたと通報したりした場合に限り、みだらな行為をおこなった廉《かど》でパトロール警官たちは彼らを逮捕できただろう。三人は警告とともに解放され、移動するようにと告げられた。

三人それぞれのシェイク・カードが記入された。バラードが注目したのは――ヴァンであることを別にして――ひとりの男の名前の下に記された「ポルノ俳優」という言葉だった。彼はカート・パスカル、当時二十六歳、シャーマン・オークスのケスター・ストリートに居住する、と記されていた。

そのシェイク・カードに載っているいくつかの詳細から、バラードは、パトロール警官たちが、ヴァンのなかでのポルノ撮影を中断させたというありがちな結論を導いた。パスカルと、ウィルスン・ゲイリー（三十六歳）であることが判明したカメラマンは、売春婦のターニャ・ヴィッカーズ（三十一歳）に金を払って、ヴァンのなかで演技をさせていたのだ。バラードはそこから一歩進み、三週間後の夜、ふたりが撮影のため別の娼婦《しょうふ》を拾ったのだが、あとになり彼女が未成年だったので自分たちが罪を犯してしまった事実に気づいたところを思い描いた。その問題のひとつの解決策は、その売春婦を排除し、性的サディストの仕業に見せかけることだった。

バラードはそれがすべて仮定にすぎないとわかっていた。推測に推測を重ねたものだ。だが、そのシナリオのなにかがバラードの心を捉えた。バラードは、この三枚のシェイク・カードを急いで調べる必要があり、どこから手をつければいいのか知っていた。

バラードは壁かけ時計を見上げ、シフトがあっというまに過ぎているのを見た。すでに午前五時になっており、ボッシュが姿を見せると言っていたのに現れていないことに気づいた。彼に電話をかけることを考えたが、もしこちらに来るのではなく、一晩たっぷり眠ることにしたのなら、起こしたくなかった。

バラードは目のまえの机に広げた三枚のシェイク・カードを見た。すぐにこれを調べたかったが、バラードはボッシュと、どのようにカードを見直すべきかという彼の意見に忠誠を誓っていた。バラードは最後の箱に移り、さらなるカードを調べはじめた。

二時間後、バラードは最後の箱を調べ終えていた。抽出したカードはなかった。ボッシュはまだ姿を現していない。電話がかかってきたのを聞き逃したり、ショートメッセージが届いていたのを見逃したりしていないかどうか確かめようと携帯電話を確認したが、なにも入ってきていなかった。代わりにボッシュに宛ててショートメッセージを書いた。

あと三十分したら、ＵＳＣに向かう――あなたは来る？

バラードはそのメッセージを送って、待った。すぐの返信はなかった。

バラードは仕事に戻り、出ていくまえにパネル・ヴァンに乗っていた三人の名前をコンピュータで検索して、現住所と法的立場をつかもうとした。ヴァンの出来事があってから四年間で、ターニャ・ヴィッカーズは売春と麻薬犯罪で九回逮捕されており、三十五歳でヘロインの過剰摂取で死んでいたのを発見した。

ポルノ俳優のカート・パスカルは、逮捕記録はなく、車両局の記録では、まだシャーマン・オークスのケスター・ストリートに住んでいたが、その記録は古いものだった。運転免許証は二年まえに有効期限が切れ、更新されていなかった。

カメラマンのウィルスン・ゲイリーもまた行方不明だった。二〇一二年に彼は意図的に他人を性病に感染させた廉で有罪判決を受け、実刑判決を受けていた。刑務所で三年服役し、一年間の仮釈放を満了していた。そのあと、情報の網から抜け出ていた。バラードはどの州でも彼が運転免許証を取得した記録を見つけられなかった。

バラードは自分にできることをやってみたが、もう午前八時であり、GRASPのデータを受け取るため、三十分後にコールダー教授と会う予定だった。教授から指定されたその時刻を逃すわけにはいかなかった。教授は九時からはじまる三時間のコンピュータ・ラボでの授業が入っていたからだ。

バラードは刑事部屋の奥までずらっと並んでいるファイル・キャビネットの上に職質カードの入った四つの箱を置き、充電ステーションからローヴァーをつかむと、通用口から出た。

駐車場を出るころには八時をまわっており、バラードはボッシュに電話をかけ、起こしてもかまわないと思った。だが、電話は直接ボイスメールにつながった。

「ボッシュ、バラードよ。なにがあったの？　いっしょに調べると思っていたのに。わたしはいまからUSCに向かうわ。かなり気に入ったシェイク・カードを何枚か見つけた」

バラードは電話を切り、ボッシュが折り返しかけてくるのをなかば期待した。

ボッシュは電話をかけてこなかった。

バラードは自分の携帯電話である番号を探しだし、かけた。ベアトリス・ボープレは、アダルト・フィルムの監督であるだけでなく、元演者でもあった。合計すると、ほぼ二十年間、業界にいた。バラードは昨年、ボープレを、彼女を殺そうという計画を持っていた男から救ったことで彼女と知り合った。それに関して、ボープレはバラードに借りがあり、バラードはいまそのツケを回収するため電話をしていた。

この時間だとボープレはカノガ・パークにある自分のスタジオで夜の仕事のかたづけをしているか、ぐっすり眠りこけているかのどちらかだとわかっていた。

一回の呼びだし音で相手が答えた。

「なに？」

「ベアトリス、レネイ・バラードよ」

ベアトリスはポルノ業界では、いくつかの異なる名前で知られていた。彼女を本名で呼ぶのは、あるいは本名を知っているのは限られた人間だった。

「バラード、なにをしているの？　あたしはこれから寝るところだった。一晩じゅう働いていたんだから」

「じゃあ、そのまえに捕まえられてよかった。あなたの専門知識が必要なの」

「あたしの専門知識だって。なに、緊縛かなにかやってみたいっての？」

「そういうのじゃない。あなたにいくつかの名前を聞かせてみて、なにかピンと来るものがないか確かめてみたい」

「オーケイ」

「最初の名前は、カート・パスカル。ポルノ俳優ということになっている。少なくとも九年まえはポルノ俳優だった」

「九年まえ。うへ、業界はそれだけの時間で二回は様変わりしているよ。人は来て、行く――冗談のつもりはない」

「じゃあ、彼のことは知らないんだ」

「あのさ、あたしが知っているのは芸名でなんだ。その名前は芸名じゃないね。コンピュータで調べさせて。本名でデータベースに載っているかどうか確かめてみる」

「それってなんのデータベース？」

「アダルト業界のキャスティング・データベース。ちょっと待ってて」

バラードはタイピングの音を聞き、そして――

「パスカル？　P・A・S・C・A・L？」

「ええ、そのとおり」

「オーケイ、ああ、ここにいた。写真に見覚えがないので、いっしょに働いたことはないと思う。こいつはなにをやったの？」

「なにも。どこに住んでいるのかそこに載ってる？」

「いえ、そんなもんじゃないんだ。マネージメント先のリスト、それから年齢と体の詳細。彼は硬度十点。この業界に入った理由とまだ現役でいる理由をそれが説明している。いま三十五歳で、それはこの仕事では古株のたぐいだね」

バラードは、パスカルと連絡を取る最善の方法はなんだろう、と一瞬考えた。いまのところそれはさておいて、先に進む。

「ウィルスン・ゲイリーという名前の男はどう？」バラードは訊いた。「カメラマンかもしれない」

「それって役者名？」ベアトリスが訊き返す。「あたしはゲイ・ポルノを作っていないので、知らない人間かもしれない」

「いえ、本名。だと思う」

「思うね」

バラードはタイプの音を聞いた。

「データベースには入ってない」ベアトリスが答える。「だけど、なんか、引っかかるな。ほら、ゲイ・ポルノにふさわしい名前の男だけど、ストレート・ポルノの世界にいるやつ。訊きまわらせて」

「彼は他人に意図的に性感染症をうつした廉で、五年まえに刑務所に入っている」バラードは言った。

「ああ、ちょっと待って」ベアトリスは言った「あいつか？」

「どいつ？」

「あいつだと思う。あの当時、女の子に――演者に――腹を立てたやつがいたんだ。自分のパートナーのひとりについてひどいことを言ったとかなんかで。で、そいつはその子を撮影に雇って、自分が俳優になった。その子は梅毒にかかってしまい、業界から去らなければならなかった。だれかから、プロデューサー――そのゲイリーという名前に似た名前だった――が意図的にうつしたんだと聞いて、その子は風俗取締課にいったんだ。そいつはその子とファックしているとき、自分が梅毒にかかっていると知っていたらしい。で、風俗取締課が逮捕した。そいつの医療記録なんかを入手した。梅毒にかかっていることを知っていたのが証明され、そいつはムショ送りになった」

「それ以来、その男の噂を聞いたことがある？　二年まえに出所しているんだ」

「聞いてないと思う。ただその話を思いだしただけ。この業界で起こりうる最悪のおぞましい話だったので」

バラードはボープレの話を確認するためにゲイリーの記録を引きださねばならないとわかった。だが、ふたりはおなじ人物の話をしているように思えた。

「最初の男、パスカルだけど」バラードは言った。「そのデータベースからあなたは彼を撮影に雇えるかな？」

「彼のマネージメント先にメッセージを送って、都合を確認することになるだろうね」ボープレは言った。

「オーディションかなにかみたいなものがあるの？」

「いいや。この業界じゃ、マネージャーが送ってくる出演作を見るんだ。それで採用するかしないか決める。一回の撮影で三百ドル。データベースにはそう書いている」

「きょう、撮影のため、彼を雇えないかな？」

「なんの話をしてるの？　なんの撮影？」

「撮影はない。たんにわたしが彼と話をできるよう彼をあなたのスタジオに呼び寄せたいだけ」

一拍間を置いてボープレは言った。

「どうだろうね、バラード。あたしが警官のためにこんなことをしたのが外に広まったら、あたしの仕事に支障が出るかもしれない。将来、人を雇えなくなるかも。とりわけそのマネージメント・グループとは。そこは大手のひとつなんだ」

今度はバラードが黙る番だった。その沈黙が口にしたくないことを伝えてくれるのではないかと期待して——あなたはわたしに借りがあるよね、ボープレ。

その戦略はうまくいった。

「わかった、あたしは知らなかったとしらばっくれることができると思う」ボープレは言った。「あんたが本物のプロデューサーかなにかだと思ったと言って」

「必要なことをなんなりと言って」バラードは言った。

「いつにする？」

「きょうはどう？」

「当日ブッキングは、あやしまれる。だれもそんなことはしない」

「わかった、あしたじゃどう？」

「何時？」

「九時」

「夜の、だね？」

「いえ、朝の」

「だれも午前中に働いたりしないよ」

「わかった、じゃあ、あしたの午後に」

「オーケイ、じゃあ、あしたの午後四時にそいつを押さえてみるので、結果を連絡するわ。そのときにあんたがここに来るんだね？」

「そちらにいくわ」

ふたりは電話を切った。バラードは再度ボッシュに電話をかけてみたが、またしてもメッセージに直接つながった。

まるでボッシュの携帯電話の電源が切られているかのようだった。

33

ＵＳＣにたどり着くまで交通渋滞はやっかいなものだった。シティ・カーのおかげで、キャンパスの駐車禁止ゾーンへアクセスできたにもかかわらず、バラードはコールダー教授がラボにいくためにオフィスのドアに鍵をかけているところにやっと追いついた。

「教授、遅れてすみません」バラードは教授の背中に声をかけた。「ＧＲＡＳＰのデータをいただけますか？」

バラードは自分が教師に嘆願する学生の口調を採用しているのに気づいた。気恥ずかしくなった。

コールダーは振り返り、声をかけてきたのがバラードだと見てとると、ドアの鍵をあけた。

「入りたまえ、刑事さん」

コールダーは椅子にバックパックを置くと、自分の机のうしろにまわりこみ、立ったまま中央の引き出しをあけた。

「なんというか、自分がこういうことをしている理由がわからないんだ」コールダーは言った。「ロス市警はぼくをちゃんと扱ってくれなかった」

コールダーは引き出しからサムドライブを取りだし、机越しにバラードへ差しだした。

「わかってます」バラードは言った。「当時の政治のせいです」

バラードはサムドライブを受け取り、それを掲げ持った。

「ですが、わたしは請け合うことができます」バラードは言った。「もしこれが殺人犯を逮捕するのに役立ってくれるなら、かならずそのことを世間に知らしめてみせます」

「そう願いたい」コールダーは言った。「きみは自分でパートナーのためにハードコピーを印刷しなければならないな。学期末で、ぼくには予算がなく、あるいは用紙もないんだ」

「大丈夫です、教授。ありがとうございます」

「ことのなりゆきを知らせてくれ」

バラードが自分の車のところに戻ると、そこに停めてから十分ほどしか経っていないのに、ウインドシールド・ワイパーの下に駐禁切符がはさまれていた。

「嘘でしょ？」バラードは言った。

バラードはワイパーの下から封筒を勢いよく引っ張りだし、三百六十度グルッと回転し、これを発行した駐車違反取締官を探した。授業へ向かう学生しかいなかった。

「どう見ても警察車両だろうが！」バラードは叫んだ。

学生たちは一瞬バラードを見て目を丸くしたが、歩きつづけた。バラードは車に乗りこみ、封筒をダッシュボードに投げつけた。

「バカども」バラードは毒づいた。

ハリウッドに向かって戻ろうとした。次になにをするのか決めなければならなかった。シティ・カーを返して、自分のヴァンに乗り換え、ビーチに向かい、パドリングと睡眠という自分のルーティンをおこなえた。あるいは、このまま事件捜査をつづけることもできた。見直す必要がある五十六枚の職務質問カードがあった。それに捜査に新しい角度からの光を与えてくれるかもしれない、GRASPのファイルも手に入れた。

二日間、海に入っていなかった。その運動と、それがもたらしてくれる自分であることの落ち着きが必要だとわかっていた。だが、事件がバラードに呼びかけつづけている。抽出した職質カードとＧＲＡＳＰのデータを手に入れ、この事件捜査の勢いを緩めずにいなければならなかった。

携帯電話を取りだし、この朝、三度目の電話をボッシュにかけた。またしてもメッセージに直接つながった。

「ボッシュ、どうなってるの？　いっしょにこれを調べるの、それとも調べないの？」

バラードは電話を切り、腹立ち紛れに携帯電話を叩き切る以外にやることがない状況にいらだった。

重たい車の流れのなかをのろのろと進んでいるうちに、ボッシュに対するいらだちが消え、懸念に変わった。ハリウッドに戻ると、バラードはハイランド・アヴェニューを北に向かって、カーウェンガ・パスに入った。ボッシュがその山道《パス》に住んでいると知っていた。バラードがエリザベス・クレイトンと話をできるように自宅の住所を教えてもらっていたのだ。番地は覚えていなかったが、通りの名は把握していた。

ウッドロウ・ウィルスン・ドライブは、山道を越え、山のなかを縫っていく道で、スチールとコンクリートの杭《くい》で支えられた家のあいだから切り取られたような景色が見えた。だが、バラードは風景に興味は抱かなかった。今週はじめにボッシュが運転しているのを見かけた古い緑色のチェロキーを探していた。できれば、ボッシュが車庫を持っていなければいいのだが。

山の頂上から三つ目のカーブを曲がったところで、通りの眺めがいいほうに建つ小さな家のカーポートに目指すジープが停まっているのを見つけた。

バラードは通り過ぎてから、縁石に車を寄せて停めた。玄関のドアに歩いていき、ノックした。一歩退き、あいているカーテンがないか窓をチェックした。そんな窓はなく、だれも応答しなかった。バラードはドアをあけようとしたが、鍵がかかっていた。

カーポートに移動し、勝手口を試した。そこも鍵がかかっていた。

道路に戻り、反対側まで歩いていき、離れたところから家の様子をじっと眺めた。絵画泥棒のベクテルがウォーホルを盗みに侵入した方法について検討した。カーポートは四角い板が付いたクロスハッチ模様の鉄材に支えられており、その板は足がかりとして利用するのに充分な大きさがあるとバラードは判断した。

バラードはふたたび道路を横断した。

三日まえにやったのとおなじように、バラードは屋根にのぼり、そこを横切って、裏の端までいった。景色を味わえるようにしている家はどこも裏にデッキがあり、ボッシュの家にもがっかりさせられなかった。バラードは雨樋《あまどい》がしっかり留められているのを確認してから、それを両手でつかんで、デッキに体を投げだした。足が届かない残り一メートルほどの高さから問題なく着地した。

なにかが決定的におかしかった。引き戸は、それ以上押し広げなくてもなかに滑り込めるほど大きくあいていた。バラードは小さな、ほとんど家具のないリビングのまんなかに立った。視覚的にはどこにもおかしなところはないようだ。

「ハリー？」

返事はない。さらに奥へ歩を進める。食べ物の変なにおいがした。アルコーブにはダイニングテーブルがあり、その奥の壁に設《しつら》えられた棚には書籍やファイル、レコードやCDのコレクションが入っていた。テーブルの上に未開封のミネラルウォーターのボトルと、〈ポキート・マス〉の紙袋があった。紙袋の側面には油染みが付いていた。バラードは紙袋とボトルに触れた。両方とも常温だった。紙袋はあいており、バラードは覗きこんだ。紙に包まれた料理があり、食べ物は長いあいだ食べられないままで、それが室内のにおいの元になっているのがわかった。

「ハリー？」

今度は先ほどより大きな声を出したが、反応がないのに変わりはなかった。玄関ドアのそばのエントランスエリアに歩を進め、カーポートにつながっている小型のキッチンを覗きこんだ。なにも欠けていないようだった。カウンターに鍵の束があるのを目にした。

踵《きびす》を返し、寝室に通じる廊下を進んだ。さまざまな思いが頭のなかを駆け巡るなか、バラードは動いた。エリザベス・クレイトンはなぜか出ていったとボッシュは言っていた。彼女は彼に危害を加えるため戻ってきたのだろうか？　盗みをするために戻ってきたのか？　ほかになにか問題が生じたのだろうか？

するとバラードはボッシュの年齢と、自分の車から航空宇宙センターに向かって足を引きずって歩いている様子を思い浮かべた。ベッドかバスルームで倒れているボッシュを発見することになるのだろうか？　睡眠不足と疲労を抱えて、無理をしすぎたのだろうか？

「ハリー？　バラードよ。ここにいるの、ハリー？」

家は静まり返ったままだった。バラードは寝室のひとつのドアをそっとあけた。明らかにボッシュの娘の部屋だった。壁のポスターや写真、ベッドの上のぬいぐるみ、彼女自身の写真、薄いレコード・コレクション。ナイトテーブルに額に入った若い娘が大人の女性を抱き締めている写真があった。ボッシュの娘と母親なんだろう、とバラードは推測した。

　廊下をはさんで反対側にもう一部屋あり、ベッドと箪笥《たんす》があった。すべてとてもベーシックで質素だった。エリザベスの部屋なのだろう、とバラードは推測した。共同のバスルームが廊下の先にあった。そして主寝室、ハリーの部屋に来た。

　バラードはなかに入り、今度はボッシュの名前をささやくだけにした。まるで彼が眠っているのを期待しているかのように。ベッドは軍隊式の正確さでメイクされていた。マットレスの端にシーツがきちんとたくしこまれている。

　バラードはバスルームを確認して、捜索を終えたが、ボッシュの姿はなかった。踵を返して、家のなかを通り抜け、デッキに出た。最後に調べる必要があるその場所は、片持ち梁《ばり》の家の下にある険しい土手だった。

　眼下の涸れ谷は、アカシアやスプルース・パインの木や雑草が繁茂していた。バラードはデッキの端から端まで移動し、視野角度を変え、下の地面のあらゆるところを見られるようにした。枝がこしらえる天蓋の自然な形を壊している死体やなんらかの落下物の形跡はなかった。

　屋内と下の地面が異常なしであることに満足して、バラードは腕組みをし、手すりにもたれながら、どうすべきか決断しようとした。ボッシュの身になにかがあったのを確信していた。腕時計を確認する。いまは午前十時で、ハリウッド分署の刑事部は、本格稼働中だとわかっていた。バラードは携帯電話を取りだし、上司、マカダムズ警部補の直通電話番号にかけた。

「警部補、バラードです」

「バラードか。昨夜の記録を探していたんだが、見つからなかったぞ」

「書いていません。事件の少ない夜だったんです。出動要請はありませんでした」

「そうか、それは万にひとつの僥倖《ぎょうこう》だったな。で、どうした？」

「今週はじめの前夜記録に、わたしが九年まえに拉致された若い女性の未解決事件に取り組んでいると記したのを覚えていますか？」

「ああ。デイジーなんとかだろ？」

「ええ、そうです。わたしはその事件をハリー・ボッシュと組んで調べていました」

「わたしの許可を得ずにな。だが、ああ、ボッシュがそれに加わっているのは知っているよ」

「彼は当直司令官の許可を得ています。いずれにせよ、ここで問題が生じました。ボッシュはけさ分署にやってきて、わたしといっしょに古いシェイク・カードを調べるはずだったんですが、姿を現さなかったんです」

「なるほど」

「それで、われわれはUSCである人物と約束があったんですが、ボッシュはそれにも来なかったんです」

「電話をかけたのか？」

「朝からずっとかけてます。返事はありません。いま、わたしは彼の自宅にいます。裏口があいていました。昨晩の食事が手をつけられないままテーブルの上に置きっぱなしになっており、彼のベッドは眠った形跡がないんです」

長い沈黙が降り、マカダムズがバラードの言ったすべてを検討していた。自分となじ懸念の波長を彼も感じているとバラードは思ったが、彼がようやく口をひらくと、そうではないのが明らかになった。

「バラード、きみとボッシュは……その、この事件を越えたなんらかの形で関わっているのか？」

「いいえ。冗談言ってるんですか？　わたしは彼の身になにかが起こったと考えています。わたしはそんな――彼は失踪しているんです、警部補。なにか手を打つ必要があります。だからこそ電話しているんです。われわれはどうすべきでしょう？」

「わかった、落ち着け。わたしのミスだ、いいな？　いま言ったことを全部忘れてくれ。で、今回の事態で、彼は正確にいつ姿を現すことになっていた？」

「正確な時刻は設定していませんでした。ですが、早めに顔を出すと言ってました。わたしは午前四時か五時くらいから彼を待っていました」

またしても沈黙。

「レネイ、話しているのは最大でもここ六時間のことだ」

「わかっていますが、なにかおかしいんです。彼の夕食はテーブルに置きっぱなしです。彼の車はここにありますが、彼はいないんです」

「それでもまだ早すぎる。これがどう展開するのか確かめてみないと」

「展開ですって？　なにを言ってるんです？　彼はわれわれの仲間だったんですよ。ロス市警の。捜索指令を出す必要があります、少なくともRACRを」

RACRは、レーサーと発音するが、内部ショートメッセージ警報システムで、同時に数千人の警察官の携帯電話にメッセージを送れるものだった。

「いや、それを出すのにも早すぎる」マカダムズは言った。「あと数時間、なにが起こるか確かめてみよう。そこの住所をメッセージで送ってくれ。昼食後、そちらに一台派遣しよう。きみはきょうはお役御免だ」

「なんです？」バラードは訊き返した。

声に絶望感があふれていた。マカダムズはバラードが見ているものを見ていなかった。バラードがわかっていることをわかっていなかった。彼はこの件の扱いを間違っていた。

「仕事は終わりだ、レネイ。あとで一台派遣して、ボッシュの様子を確認させる。少なくとも十二時間は待つ必要がある。さらになにかわかったら、あとできみに連絡する。たぶんたいしたことじゃない」

バラードはマカダムズの命令を了承することなく電話を切った。これ以上自分がなにかを言ったら、ヒステリーに近い甲高い声になってしまうのを怖《おそ》れていた。

バラードは携帯電話を持ったまま、サンフェルナンド市警察の番号を探した。電話をかけ、刑事部につないでもらうよう頼む。女性が電話に出たが、名を名乗るのが速すぎて、バラードには名前を聞き取れなかった。

「ハリー・ボッシュはそちらにいますか？」

「いえ、いません。ほかの者でお相手しましょうか？」

「こちらはロス市警のバラード刑事です。彼のパートナーと話せませんか？　お願いします。緊急なんです」

「こちらにはパートナーはいません。交代可能なんです。われわれは——」

「だれであれ、彼といっしょに最新の——証人が殺されたギャング殺人事件を調べている人間と話をする必要があるんです」

一拍間があってから、反応があった。

「それはわたしでした。どうしてその事件のことを知ってるんですか?」

「名前をもう一度教えて下さい」

「ルルデス刑事です。どうして——」

「まずわたしの言うことを聞いて。ハリーの身になにかがあったと考えている。わたしはいま彼の自宅にいるけど、彼はここにいないし、どうも……どうも彼は拉致されたかもしれない」

「拉致?」

「わたしたちはけさ早くに会うことになっていた。彼は姿を現さなかった。彼の携帯電話は電源が切れていて、彼はここにいない。きのうの夜から手をつけられていない料理がテーブルの上にあり、ベッドはまだメイクされたままで、裏口のドアがあいている」

「わかった、わかった、今度はわたしの話を聞いてちょうだい。サンフェル団がハリーの暗殺指令を出したという情報をきのうわれわれはつかんだの。ハリーが自分たちの幹部のひとりを逮捕するつもりだと連中が知ったので。きょう、わたしたちはそれに取り組んでいたところ。だけど、きのうの夜、わたしはハリーに警告した。わたしが彼に話した。だから、たんに彼が身を隠している可能性はない？」

鋭いプレッシャーがバラードの胸のなかで膨らみはじめていた。それは恐怖だった。

「わたしは――いえ、ここはそんな感じじゃない。彼の鍵束がテーブルに置きっぱなしになっている。それに彼の車がここにある」

「ひょっとしたら、その車は追跡可能だと思ったのかもしれない。ねえ、わたしはこれを軽く見ようとしているんじゃない。もし強制的な拉致に見えるとあなたが言うのなら、こっち側で部隊を出動させる。彼の娘さんとは話した？」

バラードはボッシュが今週のどこかの時点で娘になにかを明かしているかもしれないとふいに悟った。それが役に立つものかもしれない、と。

「いいえ」バラードは言った。「だけど、いまから連絡する。あとでかけ直すわ」

バラードは電話を切った。

34

バラードは異なる種類の捜索をおこなうため室内に戻った。ボッシュの娘の電話番号が必要だった。主寝室で、ホテルの一室にあるような小さな机を目にした。そこにいき、引き出しを探していき、小切手帳と輪ゴムで留められた封筒の束が入っている引き出しを見つけた。

ひとつの束がすべて電話料金の請求書だった。封筒をすばやくあけて、ボッシュがひとつのアカウントでふたつの携帯電話料金を支払うファミリープランに入っているのがわかった。ひとつの番号はボッシュの携帯電話番号だとバラードは知っており、もうひとつが娘の電話番号だと推測した。次に小切手帳をひらいて、発行記録を調べ、マデリン・ボッシュに四百ドルを支払う小切手の記録を見つけた。

必要なものを入手すると、バラードは電話をかけた。その呼びだしはメッセージにつながったが、それは驚くようなことではなかった。ボッシュの娘はバラードの番号に見覚えがあるはずがなかったからだ。

「マデリン、こちらロス市警のバラード刑事です。とても重要なことなので、これを聞いたらすぐわたしに電話をかけて下さい。折り返し電話を下さい」

バラードは相手の携帯電話に自分の番号が把握されるのはわかっていたにもかかわらず、自分の電話番号を吹きこんだ。それから電話を切ると、すべてを引き出しに戻し、机から立ち上がった。ボッシュは、話のついでに、娘がオレンジ郡のチャップマン大学に通っていて、そこは一時間かそこらの距離だと言っていた。大学の警備室に電話して、マデリン・ボッシュの居場所をつかめるかどうか確認しようかと考えていると、携帯電話が唸り、いまかけた電話番号が画面に現れた。

「マデリン？」

「ええ、なにが起こっているの？　父はどこ？」

「いま彼を見つけようとしており、あなたの協力が必要なの」

「ああ、なんてこと、なにがあったの？」

「落ち着いて、マデリン。その呼び方でいい？　マデリンで？」

「マディで。なにがあったのか教えて」

「確かなことはわかっていない。彼はわたしとのふたつの約束をすっぽかし、わたしから連絡が取れなかった。いま彼の家にいて、彼の車はカーポートにあり、テーブルの上に料理があるけど、本人はここにいない。最後にいつ彼から連絡があったの？」

「父は、えーっと、きのうの夜、あたしにショートメッセージを送ってくれた。今週末会う予定について訊いてきた」

「彼とあなたのお母さんは離婚したの？　彼が連絡を取るような人は——」

「母は亡くなりました」

「わかった、ごめんなさい。知らなかった。これから話すのがあなたに協力してもらう必要があること。あなたのお父さんから聞いているのだけど、あなたたちふたりは取り決めをしたそうね。あなたが彼の携帯電話の追跡をできるなら、彼はあなたの携帯電話の追跡をできる、と。彼の携帯電話は現在オフになっているけど、あなたの追跡アプリを呼びだして、最後の追跡ポイントがどこになっているのか、教えてほしいの。それができる？」

「ええ。ただ、それには——調べているあいだ、スピーカー・モードにするけど……」

「やってちょうだい」

バラードは待った。やがてマディが口をひらいた。

「オーケイ、きのうの夜の午後十一時四十二分までしか追えない。そこで止まっている」

「オーケイ、それでいいわ。携帯電話の所在地はどこになっている？」

マディが場所をチェックしているあいだ沈黙が降りた。バラードはそれがこの家でないことを願った。それであればなにひとつ進展しないことになる。

「えーっと、ヴァレー地区の上のほう。サドルツリー・オープン・スペースと呼ばれている場所」

バラードの心が沈んだ。そこは死体を投棄する場所のように聞こえた。

「もっと詳しく言えない？」バラードは声に自分の思いを表さないようにして訊いた。「画面を拡大するかなにかできない？」

「ちょっと待って」マディは言った。

バラードは待った。

「うーん、そこは、シルマーの近く、みたい」マディは言った。「その場所の最寄りの道路は、コヨーテ・ストリート」

「いったん切って、そのスクリーンショットを撮り、わたしにメールしてもらえる？」

「ええ、でも、どうして父はそんなところにいるの？　いったいなにが――」

「マディ、聞きなさい。あなたがスクリーンショットを送れるようにこの電話を切らないといけない。それをしかるべき人たちに届け、あなたのお父さんがそこにいるかどうか確かめる必要があるの。怖いだろうし、この電話は恐ろしいたぐいのものだとわかっている。だけど、わたしはもういかなければならない。なにかわかったらすぐあなたに連絡をします。いい？」

バラードは相手の若い娘が泣いているのが聞こえた気がした。

「マディ？」

「ええ、大丈夫。電話を切るね」

「それからもうひとつ。もしあなたがあなたのお父さんに似ているなら、あなたはスクリーンショットをわたしに送り、そのあと車に乗って、ここまで来るとわかってる。それはしちゃいけません。あなたは実家から離れていないといけない、いい？ここは安全ではないかもしれないの」

「冗談でしょ？」

「いいえ、冗談じゃない。わたしかあなたのお父さんから連絡があるまで、離れていなきゃだめ。わかった？」

「オーケイ」

「いいわ。じゃあ、スクリーンショットを送って」

バラードは電話を切った。ヘザー・ルークはたぶん寝ているだろうとわかっていたが、それは問題じゃなかった。友人に電話をかけたところ、驚いたことに、相手はすぐに電話に出た。

「起きてなにをしてるの、レネイ？」

「まだ働いてる。それから深刻な状況が発生した。ヴァレーに飛んでもらわねばならない。飛んでくれそうな人に心当たりはある？」

「お安いご用。わたしがいく」

「なに？」

「わたしは訓練シフトに入っていて、きょうはヴァレー地区を担当しているの。これから飛んでいこうとしていたところ。ヴァレーのどこ？」

「シルマー地区。どれくらいかかる――」

「三十分。あなたが捜しているのは正確にはなに？」

「失踪した警察官を捜している。こちらが手に入れている場所のスクリーンショットをあなたにメールする。その場所はサドルツリー・オープン・スペースと呼ばれている。そこになにがあるのか知りたい。どんな家でも建物でもなんでもいい。そこになにもなかったら……死体を捜して」

「了解。スクリーンショットを送ってちょうだい」

「手に入れたらすぐ送る。もし可能なら、この件は無線では話さないで。連絡するにはわたしの携帯電話を使って」

「了解」

バラードが電話を切ると同時にマディ・ボッシュからスクリーンショットが届いた。バラードはそれをヘザー・ルークに転送し、家のなかを動きはじめ、ここが事件現場になるかもしれないと気づいた。バラードは裏の引き戸をあいたままにし、玄関のドアから出て、鍵をかけた。

ウッドロウ・ウィルスン・ドライブをカーウェンガ・パスまで降りて、フリーウェイ101号線を北に向かうまで携帯電話の電波がまともに入らなかった。それからサンフェルナンド市警のルルデスに電話を入れた。

「サドルツリー・オープン・スペースについてなにか知ってる？」

「あー、それがなにかすら知らない」

「シルマーの北部にあり、コヨーテ・ストリートという道路を外れたところ。ボッシュの携帯電話が昨夜午前零時ごろにその場所にあったところまでたどれた。そのあとで切れてる。上空をヘリで飛んで、そこになにがあるのか教えてもらう手配をした。わたしはいまそこへ向かっている」

「わたしのほうが近いな。わたしもそこへいけるわ」

「ヘリが来るのを待って。そこになにがあるのかわかっていないの。死体があるかもしれないし、罠《わな》があるかもしれない」

「なんてこと」

「彼に暗殺指令が出ているとあなたがたがわかっていたなら、どうして彼は保護されていなかったの？」

「彼が断ったの。本気で受け止めていなかったと思う。それと関係があるかどうか、まだわかっていない。そこにキャンプをしにいき、携帯の電波が届かないのかもしれない」

「かもしれないけど、疑わしいな。携帯電話を空けておきたいので切るね。ヘリからなにか連絡があったら電話する」

「待ってる。ねえ、ハリーは一度わたしの命を救ってくれたの……」

ルルデスは途中で言葉を切った。

「わかった」バラードはそう言って、電話を切った。

午前遅くの北向きの交通量は少なく、バラードは予定より早く進んだ。101号線から170号線に乗り換え、ついで5号線まで進んでから、ロックスフォードで下道に降りた。繰り返し携帯電話の画面を確認したが、ヘリで飛んでいるルークからはなんの連絡もなかった。バラードはウインドシールド越しにヴァレー地区のまわりを取り囲んでいる山脈を背景にヘリが移動しているのを見つけられはしないかと身を乗りだしすらした。なにも見えなかった。

サンフェルナンド・ロードを横断していると、ルークからショートメッセージではなく電話がかかってきた。背後にヘリのエンジン音が聞こえず、バラードはひどく腹が立った。

「まだパイパー・テックにいるの？」

「いや、デイヴィスに利用できるヘリパッドがあるんだ」

市警が元市警本部長のエドワード・デイヴィスにちなんで名づけられた訓練施設をシルマーの近くに持っているのをバラードは知っていた。

「もう飛行をしたの？　あそこになにかあった？」

バラードはその瞬間の緊張で自分自身の声がしゃがれるのがわかった。

「死体はなかった」ルークは言った。「だけど、あなたが送ってくれたスクリーンショットの地点から九十メートルほど北にいった雑木林に、放置された犬舎か動物訓練施設のようなものがあった。小屋が二軒と、訓練用の囲い場があった。だけど、車はなく、人がいる気配もなかった」

バラードはほっと息を吐いた。少なくともボッシュの遺体は、陽にさらされてそこにはなかった。

「そこはアクセス可能な場所？」バラードは訊いた。

「普通のサスペンションの車だときついかもしれないね」ルークは言った。「そこまでいく未舗装路に土砂崩れのあとがあったみたい」

「写真を何枚か撮影した？」

「ああ。いま送ろうとしていたんだけど、そのまえに話をしたほうがいいだろうと思ったんだ」

「それでかまわない」

「近くにいてほしい？」

「あと十五分ほどで地上からの捜索に入ると思う。もし空から応援してくれるというのなら、断りはしない」

「わかった、連絡があるまでここにいるよ」

「了解」

バラードは電話を切り、ルルデスに折り返しの電話をかけた。サンフェルナンド市警の刑事にヘリでの飛行の結果を伝え、コヨーテ・ストリートの終着点で落ち合おうと呼びかけた。そこからハリー・ボッシュの携帯電話の位置が最後に確認された場所を地上から捜索するのだ、と。

「これから向かうわ」ルルデスは言った。

BOSCH

35

頭上から聞こえるヘリコプターの音はボッシュに希望を与えた。だが、ボッシュを監視していた男をパニックに陥れた。ボッシュは一晩じゅう男のガードを破ろうとしてきた。相手の名前を聞き、縛《いまし》めを緩めてもらうよう頼み、痙攣《けいれん》を起こした脚を伸ばせるよう、檻《おり》から出してもらえないかと頼みつづけた。警察官殺害の罪を本気で背負いたいのか、と訊ねた。

だが、男はなにも言わなかった。じっとボッシュを見つめ、ときおり、檻の外からボッシュに銃を向けた。ボッシュはそれがこけおどしだとわかっていた。ボッシュはなにかほかの目的のため、生かされていた。あるいはほかのだれかのために。ボッシュはそれがトランキロ・コルテスだろう、と推測した。

男は前科者特有の険しい目つきをし、有罪判決によって入れた刑務所タトゥがあった。色褪《いろあ》せた青いインク。ボッシュはそのタトゥの絵柄のどれもサンフェル団と関係していないのを見て取った――VSFの文字もなく、13の数字もない――それらはサンフェルナンド市警に入ってから過ごしたあいだに出会ったすべてのサンフェル団員の体に見られる絵柄だった。そこにはトランキロ・コルテスも含まれていた。

　ボッシュは一晩じゅうかけて、いろいろ考え合わせた結果、この男はメキシコのマフィア、エメの人間だろうと確信していた。また、コルテスは無法な活動をおこなうため、サンフェル団の外に出たのかもしれない、と判断した。警官を誘拐するのは、バリオ《V》・サン《S》フエル《F》に途方もないプレッシャーをかけかねない大きな動きだった。警察官殺害はさらに大きなプレッシャーになる。コルテスは否定できるようにしたいだろう。

　自宅からボッシュを誘拐するには三人の男が必要だった。険しい丘の斜面をのぼって、この陰鬱な目的地までボッシュを運んできたジープの運転手を含めると四人だ。そしていま、この四時間は、ボッシュを見張るためにたったひとりの物言わぬ男がいた。過ぎていく一分が一時間のように感じられた。一時間が一日のようだった。縛られ、犬の檻に押しこまれ、ボッシュは差し迫っている自分の死についてつらつら思った。ジープのなかで、ボッシュは、スペイン語の会話を耳にして、自分が最終的に犬の餌にされるだろうというくらいはわかっていた。だが、それが言葉の綾なのかどうかは、はっきりしていなかった。そして仮にそうでないとしたら、それが自分が生きているうちに起こるのかそうでないのかもはっきりしていなかった。

その間ずっとボッシュの心に浮かぶのは、たったひとつのことだった。娘のことだ。娘と最後の言葉を交わせなかったことだ。娘が大人として立派になるところを見られないことだ。二度と娘に会えず、あるいは話せないだろうと思うと、心が引き裂かれた。マディの父親である自分は、本人が救われたくないと思っている女性を救おうとして、過去数ヵ月を浪費してしまったことを認識して、疚しさに襲われた。夜明けまえの一番暗い時間に後悔の熱い涙がボッシュの頰をこぼれ落ちた。

だが、いままさに、真上でヘリコプターの音が聞こえた。一瞬で、それがボッシュと、ボッシュを見張っている男にとって、事態を変化させた。ボッシュは、永年にわたり、何度も事件現場や警察官からの支援要請があった現場に居合わせたことで、強力なベル206ジェットレンジャーの甲高いエンジン音を識別できた。小屋の上空を旋回している機体がロス市警のヘリであり、彼らはすでに自分を捜索しているのだろうとわかった。それがもう一度娘と会えるかもしれない、事態を改善できる機会を得られるかもしれないという希望をボッシュに抱かせた。

物言わぬ見張りにとって、おなじ音は恐怖と、それに伴う闘争か逃走かの本能をかきたてた。男は戸口にいき、ほんの少しだけ扉をあけ、空を見上げた。機体を目にすると、男はボッシュがすでに知っていることを確信した。男は扉から振り返り、檻に近づくと、銃身を持ち上げた。

ボッシュは狭いスペースでできるかぎり高く両手を上げ、初歩のスペイン語で話した。

「おまえ警官殺す、彼らはおまえを狩るのをけっしてやめない」

男は躊躇《ちゅうちょ》した。ボッシュは話しつづけた。語学の正規の訓練を受けたわけではなく、たんにストリートで働く生涯のなかで身につけ、ルシア・ソトやベラ・ルルデスのようなスペイン語を話すパートナーたちから聞き覚えたものだった。

「トランキロはなんと言うだろう？　彼はおれを生かしておきたい。それを彼からおまえは取り上げるのか？」

男は銃でボッシュを狙ったまま、立ち尽くした。

若いころ、ボッシュはヴェトナムで十五ヵ月過ごした。当時は、ヘリコプターの音が聞こえずに過ぎた日は一日もなかった。戦争のBGMだった。エレファント・グラスの茂みに隠れ、負傷兵輸送ヘリを待ちながら、ボッシュはその音を聞いて、距離と位置を読みとる方法を早々に学んだ。いま自分たちの頭上を飛行しているヘリが徐々に大きな円を描いて旋回しているのをボッシュは聞き取ることができた。

見張りは扉に戻り、外を見た。彼はボッシュが感知したものを感知した。ヘリコプターが大きなターンをしようとしているのを。すると、音がまた変化した。音がくぐもり、ボッシュはヘリが山の峰の向こうに飛び去ったのを知った。この小屋はヘリの視界から外れた。

銃を持った男は振り返り、長いあいだボッシュを見て、どうすべきか判断しようとしていた。ボッシュは男が自分の命を決めているのだとわかった。視線を逸《そ》らさないようにした。

ふいに男は背を向け、扉をさらに押しあけた。外を見、空を見上げる。ヘリの音はまだ遠くにあった。

「サリ!」ボッシュは叫んだ。「アオラ!」

ボッシュはそれがスペイン語で「さあいけ!」かなにかを言ったことになっていてほしいと願った。

男は扉を目一杯に押しあけ、小屋にまばゆい光を充たした。男はズボンのベルトに銃を押しこむと、緑色のバイクが錆《さ》びた鉄の壁に寄りかかっている小屋の隅に戻った。バイクに飛び乗ると、キックスタートをかけ、あいた戸口から飛びだしていった。

た。

ボッシュの目が光に慣れ、ホッと息を吐いた。耳を澄ます。ヘリはまたターンして戻ってこようとしていた。山を越え、どんどんやかましくなってくる。

小屋の内部がすっかり明るく照らされるとボッシュは檻のなかで姿勢を変え、檻のすべての隅と継ぎ目を見て、弱くなっているところを探した。あのヘリコプターが自分を捜しているかどうか知るのは不可能だとわかっていた。たんに訓練飛行をしているだけかもしれないし、コヨーテの上を旋回しているだけかもしれない。誘拐犯たちが昨夜、ヴァンからジープにボッシュの身柄を移すまで携帯電話を探さなかったのは、まさに彼らのミスだったが、ボッシュは自分を救うのに自分以外のだれにも頼れないことを知っていた。

ボッシュはすばやく動いて、檻から脱出する方法を見つけなければならなかった。バイクの男が戻ってくるのは時間の問題でしかなかった。

BALLARD

36

バラードは、丘陵と放置された動物訓練施設に通じている防火帯《ファイヤー・ロード》に至るコヨーテ・ストリートのゲートのそばでベラ・ルルデスを待っていた。ヘザー・ルークがメールで送ってくれた航空写真を見ながら、訓練施設にアプローチするのは、徒歩でいくのがいいのか、険しい防火帯を車両でいってみようとするのがいいのか、決めかねていた。

施設はそれほど高くまでのぼったところにはなく、ひらけた場所にあり、車で接近すれば気づかれずに済むことはないだろう。バラードは徒歩でいき、ロス市警の威力を見せつけることが必要な場合にはヘリを呼ぼうと決めた。

ルルデスが到着すると、彼女はパートナーを連れてきていた。ダニー・シスト刑事だとルルデスは紹介し、バラードの懸念を感じ取り、ボッシュ自身が絶対的に信用している人間だと保証した。バラードはルルデスの保証を受け入れ、ふたりにきょうにいたるまでの状況を説明した。ヘリの上空飛行で撮影された写真をふたりに見せた。

「オーケイ、ここの結びつきはわかったと思う」ルルデスが言った。

「どんな？」バラードが訊いた。

ルルデスは話しながら確認のためシストを見た。

「二年まえ、ここで動物管理局による大がかりな摘発がおこなわれたの」ルルデスは言った。「ここは映画やTVで使われる動物のための訓練施設のようなものだった。だけど、何年も放置されていた。サンフェル団がここを見つけ、ここで闘鶏や闘犬を開催していた。動物管理局がそれを嗅ぎつけ、閉鎖した」

「おれはそれを覚えてる」シストが言った。「でかいニュースだった。あんたたちも摘発に加わっていたと思う」

シストがバラードに言った最後の部分は、ロス市警がこの施設の違法活動の停止に加わっていたという意味だった。バラードはその出来事や、そこに向けられたマスコミの関心をなにも覚えていなかった。だが、そこをサンフェル団が知っており、以前利用していたのを確認することは重要だった。自分たちが正しい場所にいると確信した。

シストがバラードの携帯電話を指し示した。画面には施設の航空写真がまだ映っていた。

「その建物を捜索するんだろ？」シストは訊いた。「令状があるのかい？　そこは放置されていようがいまいが、まだ私有地だ」

「時間がない」バラードが言った。

「どのみち、緊急事態よ」ルルデスが言った。

写真を見ながら、藪《やぶ》のなかを抜けて施設に通じている防火帯に加えて、二本の細い道があることを三人は確認した。別れてのぼっていくまえにバラードはルークに連絡し、計画を説明し、待機してくれるよう頼んだ。ヘリはまだ近くのロス市警訓練施設におり、ルークはいつでも対応準備ができていると請け合った。

バラードは電話を切り、ルルデスとシストを見た。

「オーケイ、ハリーを見つけにいきましょう」バラードは言った。

バラードは施設への最短ルートを選んだ――防火帯だ。そこに沿って並んでいる背の高い藪から離れぬようにしていたが、施設がある場所の空き地にたどり着くにはもっとものぼるのが楽で時間が短くて済むルートだった。

空き地にいたる防火帯の最後の折れ曲がった箇所にたどり着くと、施設の方向からやかましくなにかを叩く音が聞こえてきはじめた。間欠的な音だった。五、六回、重たい衝撃音がして、沈黙がつづく。数秒後、またそれが繰り返された。

バラードは携帯電話を取りだし、ルルデスに電話するかショートメッセージを送ろうとしたが、携帯の電波が来ていないのを見た。この作戦行動を無線抜きでおこないたかったので、車にローヴァーを置いてきてしまった。個々のメンバーが仲間の進み具合を知ることなく独自で接近しなければならなかった。

バラードは空き地にたどり着き、銃を抜き、手に携えたまま、二軒の荒れ果てた建物のうち、最初のものに近づいていった。正面の建物の角を曲がると、ルルデスが右側の細道から姿を現したのを見た。シストの姿はどこにもなかった。

バラードが一軒目の建物の安全を確認できるよう、ルルデスに合図を送ろうとしたとき、また叩く音がはじまった。それは、空き地の奥にある、もう一軒の小さめの建物から発せられているのがわかった。バラードはその建物を指さした。ルルデスはうなずき、ふたりは音のする方向へ向かった。

戸車でひらく木の扉があり、一メートル強、引きあけられていた。その隙間からバラードとルルデスは小屋の内部を見られたが、建物の構造は長方形で、外からは内部のすべては見えなかった。

開口部に一メートルほどのところまでたどり着いたとき、叩く音がやんだ。

ふたりは凍りつき、待った。音は再開しなかった。あいた扉を見ながら、バラードは声を張り上げた。

「ハリー？」

一瞬の沈黙ののち──

「ここだ！」

バラードはルルデスを見た。

「援護して。わたしがなかに入る」

バラードは銃を構えて建物のなかに入った。目が慣れるまでしばらくかかり、それから右を向いた。小屋の奥の壁には錆びた犬小屋が並んでいた。四つずつ二段になっている。ボッシュは上の段の三番目の檻にいた。狭いスペースに膝を胸に引き上げる格好で座っていた。鋼鉄のフェンス越しにバラードにはボッシュが両手と両足首を縛られているのが見えた。シャツに血が付いており、腫れ上がった目のすぐ下、左頰の上のほうに裂傷があった。

バラードは確認するため、銃を持ったままスペースの残りの部分をすばやく見た。

「クリアだ」ボッシュは言った。「だが、連中はたぶんすぐに戻ってくるだろう」

ボッシュは縛られている脚を持ち上げて、犬小屋の扉を蹴り、バラードが小屋の外から耳にしたなにかを叩く音を立てた。自由になり、逃れようとするボッシュの成果のない努力だった。

「わかった、ちょっと待って、ハリー。すぐに出してあげるから」バラードは言った。「あなたの状態はどう？　救急車を呼ぶ？」

「救急車は要らない」ボッシュは言った。「おれは大丈夫だ。あばら骨を少し痛めているのと、脚がひどく痙攣している。たぶん目の下を縫わねばならないだろう。やつらはトランキロが犬をここに連れてくるまでおれをあまりひどく痛めつけたくなかったんだ」

バラードはボッシュが救急車を求めるとは思わなかった。彼の行動様式じゃない。バラードは檻に近づき、檻を閉ざしている南京錠《ナンキンじょう》を調べた。

「鍵をここに隠して立ち去ったわけじゃないでしょうね？」バラードは訊いた。

「その様子はなかった」ボッシュは言った。

「南京錠を撃てるけど、跳弾があなたに当たるかもしれない」

「そういうのがうまくいくのは映画のなかだけだ」

「ベラ？　オールクリアよ」

ルルデスが小屋に入ってきた。

「ハリー、大丈夫なの？」ルルデスは切迫した声で訊いた。

「ここから出してくれたらすぐに大丈夫になる」ボッシュが言った。「膝の痛みで死にそうだ」

「わかった、車に戻る」バラードが言った。「南京錠のツルにバールを突っこんで、捻《ひね》り切ることができると思う」

ボッシュはフェンス越しにバラードを見た。

「うまくいきそうだな」ボッシュは言った。「きみがヘリをここに寄越してくれたのか？」

「ええ」バラードが言った。

ボッシュはうなずいて謝意を示した。

「すぐ戻ってくる」バラードは言った。

シストが空き地のなかに立ち、背を小屋に向け、見張りをおこなっていた。バラードは道を下り、車まで向かう途中で、シストのかたわらを通り過ぎた。

「もう一軒の建物は、安全確認できた？」バラードは訊いた。

「オールクリアだ」シストは言った。

「あとであなたに錠をねじ切ってもらうことになる」

「かまわない。彼は大丈夫かい？」

「大丈夫になるでしょう」

「よかった」

防火帯を降りていくと携帯電話が通じるようになり、ルークからのショートメッセージが届いた。様子をうかがい、最新の状況を訊ねていた。バラードはルークに電話をかけ、待機継続を依頼した。ボッシュが自由の身になったらすぐ、彼らはどうすればいいかの決断をしなければならなくなるだろう——拉致犯たちが戻ってきた場合に備えて罠を仕掛けるか、撤収し、別の方向に進むか。

バラードはシティ・カーの路上緊急キットからバールを取りだし、充電ドックからローヴァーをつかむと、防火帯を取って返した。途中で、背後にダートバイクのダダというエンジン音が聞こえた。振り返るとライムグリーンのバイクに乗った男がコヨーテ・ストリートで停まって、こちらを見上げていた。男は濃い色のバイザーのついた同系色のヘルメットをかぶっていた。ふたりは数秒間おたがいを見つめていたが、バイク乗りは車輪の向きを変え、バイクに跨《また》がるとUターンをして走り去った。

拉致犯たちの帰還を待つという最初のオプションがいまや無意味なものになったとわかり、バラードは無線でルークに連絡し、ヘリを飛ばすよう依頼した。応援手段として施設上空を旋回し、ライムグリーンのダートバイクから目を離さないよう頼んだ。

バラードは小屋まで息を切らせながら丘を駆け上がった。バトンをパスするかのようにバールをシストに手渡す。シストはそれを持って小屋に向かい、バラードはあとをトボトボとついていった。バラードは腰を曲げ、太ももに手をつきながら、シストがバールを檻の扉についたツルに通すのを見守った。シストはバールを捻り、ツルが溶接箇所でねじ切れた。シストは扉をあけ、バラードが近寄り、ルルデスに加わると、慎重にボッシュを外に出し、地べたに足を下げさせるのを手伝った。ルルデスがポケットナイフをひらいて、ボッシュの両手と両足の縛めを断ち切った。

「立ち上がるのは気分がいいな」ボッシュは言った。

ボッシュは、それぞれの女性の首に腕をかけ、こわごわ数歩歩こうとした。

「救急車が必要だと思うよ、ハリー」ルルデスが言った。

「いや、そんなものは要らない」ボッシュは抗議した。「おれは歩ける。試させてくれ……」

ボッシュは腕をふたりから外し、ひとりで戸口に向かってよろよろ歩いた。遠くからヘリの音が近づいてきた。

「連絡して追い払ってくれ」ボッシュは言った。「ここの連中が戻ってくるかもしれない。そのとき、やつらを捕まえられる」

「いいえ、わたしが台なしにした」バラードが言った。「われわれがここにいるのをやつらは知っている。ライムグリーンのダートバイクでしょ？」

ボッシュはうなずいた。

「ああ、やつだ」

「バールを取りに戻ったとき、彼はわたしを見た。複数の車が停まっているのも見た」

「クソ」

「ごめん」

「きみのせいじゃない」

ボッシュは空き地に歩いていき、太陽を見上げた。バラードはボッシュの様子を見つめた。夜のあいだに、二度とその大きなオレンジ色の球を見ることはないだろうという陰鬱な結論に達したのではないだろうか。

「ハリー、容態を見てもらい、その頬を何針か縫ってもらいにいきましょう」ルルデスが言った。「それからギャング・ブックを引っ張りだし、あなたが見たクソ野郎どもに片っ端から令状を取るの」

バラードは、サンフェルナンド市警がサンフェルナンド団の既知の構成員を載せた膨大な写真帳を持っているにちがいない、とわかっていた。もし、夜のあいだに顔を見せた連中の同定をボッシュがおこなえば、逮捕が可能になる。

「連中はサンフェルナンド団だったとは思わない」ボッシュは言った。「トランキロはこれをやるのにエメを呼び寄せたんだろうとおれは考えている。たぶん、自分の部下たちの昨夜のアリバイを完璧に整えているだろう」

「じゃあ、コルテスは姿を現さなかったの？」ルルデスが訊いた。

「ああ。きょう、やってくるはずだったんだろう。犬といっしょに」

ボッシュはバラードのほうを向いた。

「どうやっておれを見つけたんだい？」ボッシュは訊いた。

「あなたの娘さんのおかげ」バラードは言った。「あなたの携帯電話の追跡アプリ」

「娘はやってきたのか？」

「いえ、わたしは実家には近づかないように伝えた」

「娘に連絡しないと。あいつらはおれの携帯電話を取りあげて、潰したんだ」

「携帯が使えるようになったらすぐにわたしのを使えばいい」

ルルデスは自分の携帯電話を取りだし、確認し、掲げ持った。

「アンテナが二本立ってる」ルルデスは言った。

ルルデスはその携帯電話をボッシュに渡し、ボッシュは番号を入力した。バラードにはボッシュが言っていることしか聞こえなかった。

「やあ、おれだ。大丈夫だ」

ボッシュは耳を傾け、冷静な声でつづけた。

「いや、ほんとさ。多少手荒な真似《まね》をされたが、たいしたことはない。おまえはどこにいるんだ？」

バラードはボッシュの顔に安堵感《あんどかん》が浮かぶのを読み取った。マディはバラードの言うことを聞いて、実家から離れたところにいるのだ。

「おれの携帯電話は壊れてしまったので、もしおれに用があれば、このルルデス刑事の番号にかけてくれ」ボッシュは言った。「バラード刑事にかけてもいい。その番号も持ってるよな？」

ボッシュは耳を傾け、娘には見えないにもかかわらず、うなずいた。

「あー、いや、彼女はもういない」ボッシュは言った。「二日まえに出ていったんだ。それについてはあとで話そう」

ボッシュは長いあいだ耳を傾け、最後の返事をした。

「おれも愛してるよ。じゃあ、またな」

ボッシュは電話を切り、ルルデスに返した。その電話で、あるいは、自分がどれほど危ういところですべてを失いかけていたかを実感したせいで、震え上がっている様子だった。

ボッシュはルルデスとシストに話しかけた。

「おれはエメのブックを見るため、あした出勤する」ボッシュは言った。「いまは家に帰りたい」

「家には帰れないわ」バラードが急いで言った。「事件現場なの。だから、いつものようになる。手順どおりにこれをおこなう必要がある――重大犯罪課に通報し、連中があなたにたどり着いた方法を調べる。どうやってあなたの家にたどり着いたのか」

「それから縫合が必要よ」ルルデスが言った。

バラードはボッシュの顔に状況を悟った様子を見て取った。長い一日がこれからはじまるのだ。

「けっこう、おれはERにいくよ。きみたちは部隊を出動させてくれ。だけど、おれはここにもういたくない」

ボッシュは不確かな足取りで下につづいている未舗装路に向かった。バラードがまえに見たときよりボッシュの脚のひきずりようがひどくなっていた。

バラードはボッシュが上空を通過するヘリを見上げているのを見た。ボッシュは片腕を掲げ、親指を上げて、感謝の意を表した。

37

重大犯罪課の刑事たちから解放されたときには、もう午後六時近くになっており、バラードは二十四時間以上寝ていなかった。次のシフトが五時間後にはじまることから、ビーチに向かったり、ラッシュアワーを縫ってヴェンチュラの祖母の家にいったりするのは時間の無駄だった。その代わり、バラードは南へ下ってハリウッド分署にいった。シティ・カーを駐車場に残し、自分のヴァンから着替えを取り、ウーバーを利用してハリウッド大通りのWホテルにいった。そこに何度も泊まっていたことから、そのホテルが法執行機関職員向け大幅割引料金を提供してくれ、信頼に値するルームサービス・メニューがあり、チェックアウトの時間も融通が利くのをバラードは知っていた。分署のハネムーン・スイートとして知られている仮眠室に簡易ベッドがあったが、経験から、そこで眠れないのはわかっていた。あまりにも邪魔が多かった。限られた時間のなかで、安らぎと食事と確実な睡眠を欲していた。

サンタモニカ山脈とキャピトル・レコード・ビル、ハリウッド・サインが見える北向きの部屋を手に入れた。だが、カーテンは閉め、グリルチキン添えのグリーンサラダを注文して、シャワーを浴びた。三十分後、オーバーサイズのバスローブにくるまり、濡《ぬ》れた髪をうしろになでつけ、背中に垂らした格好で、ベッドの上で食事をしていた。

ノートパソコンはベッドの上であいており、いまや利用できる睡眠時間は四時間以下になっているのに、睡眠からバラードを引き離そうとしていた。バラードはパソコンを見ないではいられなかった。この日の朝、コールダー教授からもらったサムドライブからGRASPのファイルをダウンロードしていた。寝るまえにデータをざっと見るだけにしようと自分に言い聞かせていたものの、シャワーが疲れを押しやるのに役立ち、バラードは夢中になった。

まず、バラードの関心を捕らえたのは、デイジー・クレイトンが誘拐され、殺されるほんの二日まえに分署内で一件の殺人事件が発生していたことだ。その事件はデータによれば、逮捕によってすぐに解決されていた。

バラードは市警のデータベースにはリモートで入れなかったが、市内で発生したすべての殺人事件を記録しているロサンジェルス・タイムズの殺人事件ブログでその事件に関する二本の短い記事にアクセスできた。最初の記事によると、その殺人は、〈ズートゥ〉という名のサンセット大通りにあるタトゥ・パーラーで起こった。オーディ・ハスラムという名の女性タトゥ・アーティストが顧客に殺されたのだ。ハスラムはその店のオーナーで、ひとりで働いているときに何者かが店に入ってきて、ナイフを抜き、彼女から金品を強奪した。ハスラムは収納部屋として使用されていた奥の部屋まで入ってこられ、激しい揉《も》み合《あ》いのなかで複数回刺された。彼女は床に倒れて失血死した。

クレイトン事件と関連している可能性に関する昂奮は、二番目の記事を読んだときに急速に薄れた。容疑者の逮捕を扱った記事で、クランシー・デヴォーという名の暴走族関係者の指紋を、翌日、現場に残された血まみれの指紋と照合したところ、一致したのだった。デヴォーは何本かのインク壜とタトゥ用の電気針を所持していた。捜査員たちは容器に被害者の指紋が付いているのを発見した。また、デヴォーの前腕に後光つきの骸骨の新しいタトゥがかさぶたを作っているのも発見した。どうやら、デヴォーはその店に客としてやってきて、ハスラムが彼にタトゥを入れたあとで強盗殺人事件が発生したようだった。ハスラムがなにかしたか、なにか言ったかが原因で起こった衝動的な行為だったのか、あるいは最初からデヴォーの計画的犯行だったのかは、明らかではなかった。

その続報によると、デヴォーは、男性中央拘置所に保釈なしで拘束されていた。ということは、デイジー・クレイトンが拉致された夜にはすでに身柄を押さえられていたことになる。デヴォーが第二の殺人事件の容疑者ではありえない。がっかりしたが、それでもバラードはその事件の殺人事件調書を引っ張りだすようメモした。その調書に、当時ハリウッドにいて、クレイトン事件に関する情報を持っている人間の名前が記されている可能性があるかもしれない、とバラードは考えた。それは見こみの薄い試みだとわかっていたが、やってみる価値があるかもしれないものだった。

デイジー・クレイトン事件前後二日間のＧＲＡＳＰのデータには、五件のレイプ事件が報告されており、バラードはそれにも慎重な関心を払った。ノートパソコンで引きだせる範囲のあらゆる情報を引きだし、レイプ事件のうち二件は、見知らぬ者による攻撃と分類した。ほかの三件は、顔見知りによるレイプと考えられ、面識のない女性たちを漁《あさ》っている捕食者の仕業ではなかった。見知らぬ人間による事件のひとつは、クレイトン殺害事件の前日に発生しており、一件は翌日に起こっていた。ＧＲＡＳＰプログラムのデータのダイジェスト版では、その二件は同一人物の犯行ではないようだった。ふたりの性的捕食者がいたのだ。

バラードは殺人事件と二件のレイプ事件の事件番号を、ファイル要求書式に入力し、アーカイブ・ユニットにメールした。それぞれのファイルの優先配達を要求したが、コールド・ファイルを要求していることから優先度は低いとわかっていた——解決済み殺人事件と二件のレイプ事件は、いまでは七年の時効期限を超えていた。

その電子メールを送ってから、バラードは昂奮が薄れ、疲労が戻ってきたのを感じた。ノートパソコンを閉じ、それをベッドの上に置いた。三時間後に鳴る目覚まし設定を携帯電話にしたあとで、ローブを着たままベッドカバーの下に潜りこみ、すぐに眠りに落ちた。

何者かにつけられているが、うしろを見ようとして振り返るたびに姿を消しているという夢を見た。アラーム音で目を覚ましたとき、バラードは深いステージ4の眠りに落ちていて、目をあけても見当識を失っており、まわりの状況を認識できずにいた。分厚いテリークロス生地のローブがすっかり裏返しになっていて、ようやく自分がどこにいるかわかった。

バラードはウーバーを頼み、ヴァンから持ってきた新しい服に着替えた。エレベーターを降り、ホテルのエントランスに歩いていくと車が待っていた。

ハリー・ボッシュの誘拐は、点呼で巡査部長から報告された。それが言及されたのは、ボッシュの自宅で発生したからだった。その家は、ハリウッド分署とノース・ハリウッド分署の管轄地域の境界にまたがっていて、いまやメトロポリタン分署の制服警官と私服警官たちが見張りに立ち、ボッシュをふたたび拉致しようとトランキロ・コルテスがさらなる男たちを派遣してくるのを思いとどまらせようとしていた。

それを除くとブリーフィングは短かった。寒冷前線が海から街を横断していた。気温の下降は、最高の犯罪抑止策のひとつだった。体型を保ち、アカデミーを卒業したときとおなじサイズの制服を着ている永年のベテラン警官であるクリンケンバーグ巡査部長は、ハリウッドのストリートの犯罪発生状況はゆるやかなものだと言った。一行が散開していくと、バラードはドアに向かう人の流れに逆らって、まだ演台の向こうにいるクリンケンバーグに近寄った。

「なんだ、レネイ？」巡査部長は訊いた。

「過去二回の点呼の場にいなかったの」バラードは言った。「イーグルトンという名前の男に関してマンロー警部補に渡しておいた捜索指令をあなたたちが出してくれたかどうか確かめたくて」

クリンケンバーグは体の向きを変え、手配書で覆われているコルクボードが設置された壁を指さした。

「その男のことかね？」クリンケンバーグは言った。「ああ、きのうの夜、それを配ったよ」

バラードはイーグルと自称する男について自分が作成した一枚物の書類がボードに張られているのを見た。

「次の点呼でまた配ってくれないかな？」バラードは頼んだ。「わたしはこの男をどうしても確保したいんだ」

「もし今夜みたいに事件が少なかったら、なんの問題もない」クリンケンバーグは言った。「あらたな束を寄越してくれたら、それを配ろう」

「ありがとう、クリンク」

「ボッシュはどうだ？　きみがあの件に巻きこまれていたのを知ってるぞ」

「彼は元気。手荒な真似にあって、二、三本あばら骨にひびが入ったけど。やっとこさ説得して、オリーヴ・ヴューに泊まらせることにした。ドアに見張りを立ててね」

クリンケンバーグはうなずいた。

「あの男はいいやつだ。この警察でひどい仕打ちに遭ったが、あいつは最高の警官のひとりだ」

「いっしょに働いたことがあるの？」

「制服警官が刑事と協力して働けるかぎりにおいてだ。おれたちはおなじ時期にここにいた。あいつがいけすかない輩《やから》ではまったくなかったのを覚えている。あいつが大丈夫なのが喜ばしいし、あいつを拉致したクソ野郎どもが捕まってほしいものだ」

「捕まるわ。そして捕まえられたなら、主犯であろうと、関与しただれであろうと、長いあいだ娑婆《しゃば》を留守にすることになるでしょう。われわれのひとりを捕まえたら、越えてはならない線を越えたことになる。そしてそのメッセージは遠くまで、はっきり届くはず」

「そのとおりだ」

バラードは下の階の刑事部屋へいき、無人の警部補オフィスに近いところに作業場所を置いた。最初にバラードがしたのは、オンラインにつないで、犬を預けてきたペットケア・センターのライブカメラにつなぐことだった。ローラを最後に見てから二十四時間以上経過しており、バラードは飼い犬が恋しくてしかたなかった。飼い犬の首を撫《な》でたり、硬い頭を掻いてやったりすると、ローラ自身よりもバラードのほうが充たされた気分になるのだった。

カメラ画面のひとつでローラの居場所を捉えた。ローラは楕円形《だえんけい》のベッドで眠っていた。体の比較的小さな犬が体を押し入れて、ローラといっしょにそのベッドで丸くなって寝ていた。バラードはほほ笑み、すぐに疚しさに襲われた。事件で残業を余儀なくされ、時間を延長してローラをペットケア・センターに預けなければならなくなるたびにそんな気持ちになる。センターでの世話のレベルになんの不安も抱いていなかった。バラードは頻繁にカメラでチェックし、アボット・キニーの周辺を散歩させてもらうのに余分に料金を払っていた。だが、バラードは、自分は悪い飼い主ではないかとか、ローラは里子に出したほうがいいのではないかとか、思わずにはいられなかった。

その問題にくよくよ悩みたくなかったので、バラードは接続を切り、仕事に取りかかった。シフトの次の二時間、職質カードに目を通し、特別な関心を向けるべきカードを選び、デイジー・クレイトン殺害事件前後の数ヵ月間、ハリウッドでパトロール警官の関心を惹いた人物たちの背景調査をおこなった。

午前二時を少し過ぎたころ、その夜の最初の出動要請を受け、つづく二時間をハイランド・アヴェニューのバーで起こった喧嘩騒ぎの目撃者たちの聴取に費やした。用心棒が閉店時間でその店の片づけをしようとしていたところ、四人のUSCの学生グループがまだ口をつけていないビールの壜があると主張して閉店に反対したのだった。用心棒はその壜の一本で後頭部を横殴りにされ、救急隊員にその場で処置を受けた。バラードは、用心棒の供述を最初に取った。だが、殴られた壜を振るったのが四人の学生のうちだれなのか、用心棒は確実なことを言えなかった。襲った相手を刑事告発する意思を用心棒が持っていることを確かめてから、ロス市警は彼を救急隊員に委ね、彼はハリウッド長老派教会病院に運ばれていった。次にバラードはバーテンダーとその店のマネージャーに話しかけてから、学生たちに移った。

学生たちはパトカーの後部座席にふたりずつ閉じこめられていた。バラードは意図的に、一番怖がっていそうなふたりの男子をいっしょにし、彼らから手の届かぬ前部座席にひそかにデジタル・レコーダーを置いていた。ときおり、思いがけぬ告白を生みだすことがある計略だった。

今回、レコーダーを回収すると、告白とは正反対のものを手に入れた。若い男性たちはふたりとも、どちらも用心棒にビール壜を投げていないのに逮捕されるであろうことに腹を立て、怯《おび》えていた。

そうするともう一台のパトカーに乗っているふたりが残る。バラードはレコーダーで彼らの会話を録音していなかった。そのふたりを一度にひとりずつ聴取に連れてきた。ひとり目の学生は、喧嘩をけしかけたり、用心棒をビール壜で殴ったりしたことを否定した。だが、自分たちが積み重ねた二十六本のビールの請求書を突きつけられると、飲みすぎており、閉店時間を告げられて、バーテンダーと用心棒をからかったことを認めた。彼は自分の行動に対してバラードに謝罪し、バーのスタッフにもおなじように謝罪するつもりだと言った。

最後の学生の聴取は異なるなりゆきになった。彼は自分が弁護士の息子であり、自分の権利をはっきりわかっているときっぱり言った。自分の権利を放棄するつもりはなく、弁護士の同席なくバラードと話をすることを拒否すると言った。

聴取を終えて、バラードは現場のパトロール監督であるクリンケンバーグ巡査部長と相談した。

「どう思う？」クリンケンバーグは訊いた。「だれかがこれをやらなきゃならない、そうだろ？　さもないと、このちんけな酒飲み大学生どもはまたここに戻ってきて、おなじことをするだろう」

バラードはうなずき、自分の手帳に視線を落として、名前を正しくつかもうとした。

「わかった、パインとジョンスンとフィスキンを解放してやってかまわない」バラードは言った。「バーナードに逮捕手続きを取る――この子は頭を剃り上げており、弁護士のパパが救ってくれると考えている。それから解放する三人には運転させないようにしてね」

「もうお願いしたさ」クリンケンバーグは言った。「彼らはウーバーを呼んだ」

「オーケイ、納屋に戻ったらできるだけ早く書類を書いて、留置場に置いとく」

「あんたと仕事ができて嬉しいよ」

「おたがいさま、クリンク」

刑事部に戻ると、バラードは一時間足らずで事件報告書とバーナード用の逮捕令状を書き上げた。書類を記録職員に預けてから、当直オフィスの壁かけ時計を確認し、シフトの最後の二時間にたどり着いたのを確認した。

くたくたに疲れており、Wホテルで五、六時間眠るのを期待していた。眠ることを思うと、だれかに尾行されていると思った夢を思いだした。すると刑事部屋に通じているだれもいない奥の廊下を歩いていて、つい振り返ってしまった。

そこにはだれもいなかった。

38

電話が正午にかかってきて、バラードをあらたな深い眠りの塹壕《ざんごう》から叩き起こした。ホテルの客室は、遮光カーテンが引かれていて暗かった。携帯電話の画面が光っていた。見覚えのない番号だったが、少なくとも非通知ではなかった。

バラードはその電話に出たが、もしもしと言った声がかすれた。

「バラード、ボッシュだ。寝ていたのか？」

「どうしてたと思う？　この番号はなに？」

「固定電話さ。おれはまだ自分の携帯電話を取り替えていないんだ」

「へー」

「きのうの夜も働かなきゃならなかったのか？　一日がかりでおれを助けてくれたのに」

「それをしたとき、勤務時間中じゃなかったの。あなたはどこにいるの？　まだ、オリーヴ・ヴュー？」

「いや、けさ、解放された。六針縫われて、二本あばらにひびが入ったが、それ以外は健康そのものだ。いまサンフェルナンド市警にいる」

「もうトランキロを捕まえたの？」

「まだだ。だが、こっちでは包囲したと考えている。やつが潜伏していると思われているパノラマ・シティの家をＳＩＳが見張っている。トランキロの伯母の家だ――アンクル・マーダと結婚していた女性だ。ＳＩＳは深く潜入しており、トランキロが動くのを待っている。動いたら、掬《すく》い上《あ》げる」

特殊捜査班《ＳＩＳ》はロス市警のエリート監視部隊であり、凶悪な犯罪者を尾行するために召集される。彼らは高出力の火器を装備しており、軍隊式の追跡行動に従事していた。ＳＩＳの戦術は何十年にもわたって全米のマスコミと法執行機関の評論家たちに疑問視されてきたこともバラードは知っていた。彼らの監視活動の多くは、致命的な射撃によって終わっていた。ＳＩＳによる殺害数は、市警のすべての分署や課のなかでトップだった。

「オーケイ」バラードは言った。「彼らが成果を挙げてくれることを期待しましょう」

「で、きょうはどんな予定になっている？」ボッシュは話題を変えて訊いた。

「厳密に言うと、きょうは非番なんだけど、わたしのパートナーは月曜日まで戻らないので、時間外労働枠を利用できる。仕事に出るつもりだった。だけど、最優先すべきなのは、起きて、飼い犬に会いにいくこと。もういまごろ恨まれているかもしれない」

「犬を飼ってるのか?」

「ええ」

「いいな。じゃあ、きみは犬に会いにいく。そのあとはどうする? どこでおれたちはシェイク・カードを調べる?」

ボッシュが犬好きのようにはバラードには聞こえなかった。

「わたしは最終候補まで絞ったので、もしあなたがその気なら、わたしの候補を読み返してもらってかまわない」バラードは言った。「二十人ほど調べて、残りに優先順位をつけた。リストの最上位に挙げた男たちのひとりときょうの午後四時に会う約束をしている」

「約束だって?」ボッシュは訊いた。「どういう意味だ?」

バラードは、たまたまヴァンのなかでのポルノ撮影に出くわしたパトロール警官が記入したシェイク・カードについて、ボッシュに説明した。優先度の高いふたりの名前はカート・パスカルとウィルスン・ゲイリーだと告げた。

「わたしはそっちの業界に知り合いがいる」バラードは付け加えた。「彼女がパスカルとのキャスティングの打ち合わせを設定してくれた。パスカルがヴァンのなかでセックスをしていた男。わたしは──」

「どこで会うんだ？」ボッシュは訊いた。

「カノガ・パーク。彼女は自前のスタジオを持っているの。去年、彼女とそこで会って──」

「ひとりでいっちゃならない。おれもいく」

「あなたには気にかけなきゃならないトランキロ・コルテスがいるじゃない」

「いや、いない。おれはここに座って待っているだけだ。だけど、おれの車はまだ自宅に置いてある。途中で拾ってくれないか？」

「いいわ。飼い犬に会いにいくので二時間ちょうだい」

「ＧＲＡＳＰのファイルでなにか見つかったか？」

「あなたに災難が降りかかるまえに、きのう、いま言ったふたりをシェイク・カードから選びだした。そのあと、教授がサムドライブを渡してくれた。けさ、シフトが終わるまえにあなたのためにハードコピーを印刷しておいた」

「ありがたい。見てみたか？」

「掘り下げるまではしていない。デイジーの事件の二日まえに殺人事件が一件あった。だけど、その容疑者はデイジーが姿を消すまえに身柄を押さえられていた」

「いずれにせよその事件を調べてみるべきだろうな」

「昨夜、その事件の殺人事件調書を請求しておいた。あなたのところに向かうまえに届いているかどうか確かめてみる」

「いい考えだな」

「そうだね」

「で、レネイ？」

「はい？」

「きみはきのうおれの命を救ってくれた。おれはあの檻に入っていたとき……考えることといえば、ひたすら娘のことと、彼女がひとりになってしまうこと、娘といっしょにできなくなるいろんな事柄のことだった……とにかく、ありがとう。とても言い足りないが……とにかく、ありがとう」

バラードはうなずいた。

「わたしがなにを考えていたと思う、ハリー？　あなたがいなくなったらけっして解決されないであろうあらゆる事件のことを考えていた。あなたにはまだやらなきゃならない仕事がある」

「そうだな。ひょっとしたら」

「数時間後に会いましょう」

バラードは電話を切り、ベッドから転がり降りた。飼い犬に会いにいく準備をしはじめた。

39

ボッシュがサンフェルナンド市警本部のまえで待っていると、バラードがヴァンをそばに寄せて停めた。ボッシュは近づいて、ドアをあけながら、ルーフラックに載っているボードを見た。バラードはボッシュの目の下の傷が深い紫色に変わっており、左の頬の上のほうにバタフライ・テープが並んでいるのを見た。

ボッシュは乗りこみ、シートベルトを引っ張って肩にかけながら、ヴァンのうしろを確認した。

「アニメの『スクービー・ドゥー』に出てくるヴァンかなにかみたいだな？」ボッシュは訊いた。「主人公の犬、スクービーがサーフボードやいろんなものを載せていたんだっけ？」

「いいえ」バラードは言った。「だけど、もしシティ・カーでいったなら、これから会う予定の人間はそれを見て、面談まえにとんずらするかもしれないと思ったの」

「もっともだ」

「それに署にいかなくて済むし。電話して〈ズートゥ〉殺人事件調書の様子を訊いてみたら、まだ届いていなかった。土曜日だと署内便の回数を半分に減らしているんだ」

「ズートゥ？」

「殺人事件が起こったタトゥ・パーラーの名前」

「了解」

「で、そんなふうに警察署のまえに突っ立っているのは、賢いことだと思っているの？」

「警察署で安全でないなら、どこで安全だ？　とにかく、そいつにどのように対処したい？」

バラードはハリウッドからサンフェルナンドにいたる三十分のあいだ、そのことをずっと考えていた。

「今回の男はなんの件か知らないことになっている」バラードは言った。「だから、のっけにわたしたちの正体を明かして、善きサマリア人芝居に彼を引き入れようと思っている」

「『善きサマリア人芝居』だって？」ボッシュは言った。

「ねえ、あなただって百万回はやったはずよ。警察に協力していると思いこませるの。彼を引き入れ、話の内容を固めてから、ひっくり返す。ヒーローからゼロに様変わりする」

ボッシュはうなずいた。

「わかった」ボッシュは言った。「おれたちは、そのことを打たれたふりを《ロープ・ア》して消耗させる《ドープ》作戦と昔から呼んでいるんだ」

「おなじことね」バラードは言った。

バラードの運転で、カノガ・パークに向かって、ヴァレー地区の北端を横断しながら、ふたりはその作戦についてさらに打ち合わせを重ねた。カノガ・パークは、世界の半分以上の合法的ポルノ制作会社が位置するコミュニティだった。

ふたりはカート・パスカルがやってくる予定の二十五分まえにベアトリス・ボープレの倉庫に到着した。その倉庫はなんの特徴もなく、外からはなにをしている場所なのか判別不能だった。ボープレがスタジオのドアをあけた。ボープレは驚くような緑色の瞳をした黒人女性だった。バラードはその目がたぶんコンタクトだろうと思った。最後に見たときと違って、髪の毛をショートのドレッドロックスにしていた。ボープレはバラード越しにボッシュを見て、しかめっ面をした。

「だれかを連れてくるなんて言わなかっただろ」ボープレは言った。

「こちらはこの事件でのわたしのパートナーなの」バラードは言った。「ハリー・ボッシュ刑事」

ボッシュはうなずいたが、なにも言わずにいた。

「まあ、あたしたちが関係ないかぎり」ボープレは言った。「あたしはここで商売をやっており、トラブルはごめんだ。あたしにとって、男はトラブルを意味する。すでにひとりの男がやってくることになっていて、だから、あんた、ハリー・ボッシュ、おとなしくしててよ」

ボッシュは両手を上げて降参の仕草をした。

「あんたがボスだ」ボッシュは言った。

「そのとおりさ」ボープレは言った。「あたしがこれをして、関わり合う唯一の理由は、あんたのパートナーが去年、あたしの細いケツを死の淵《ふち》から救ってくれたからだ。彼女には借りがある。それをきょう返すんだ」

ボッシュは片方の眉を上げ、バラードを見た。

「彼女は洗礼者ヨハネよりおおぜいの人間を救っているよ」ボッシュは言った。

そのジョークはボープレにはまったく通じなかったが、バラードは笑い声をこらえた。

ふたりはドアを抜けると、ボープレのオフィスだとバラードが覚えている部屋にたどり着いてから、さらに廊下を通った。『砂漠のヤらしい作戦』という題名の額に入ったポスターの横を通り過ぎる。ポルノ・スターのストーミー・ダニエルズが水着姿でミサイルにまたがっているのが描かれていた。バラードはクレジットに目を走らせ、ボープレの名前を探したが、見当たらなかった。

「これってあなたが制作した映画？」バラードが訊いた。

「だったらいいんだけど」ボープレは言った。「ストーミーの映画はみんな、大ヒットしたんだ。そのポスターを貼っているのは、はったりだよ。その制作にあたしが一役買っていると人が思うのは勝手さ」

彼らは廊下の突き当たりにある部屋に入った。そこはカーペットが敷かれていて、三十センチほどの高さのステージにストリッパー・ポールが付いていた。一方の壁に折りたたみ椅子が何脚か立てかけられていた。

「ここはキャスティングをする場所さ」ボープレは言った。「でも、たいていの場合、女性のキャスティング用なんだ。男優は、出演作を見て、代理人に連絡する。だけど、あんたたちにはここでその男と話をしてもらうよ。そいつが現れたらだけど」

「彼が現れないと考える理由はあるのかな？」ボッシュが訊いた。

「あてにならない商売でね」ボープレは言った。「人は信用に値しないんだ。あたしはそいつのことをなにも知らない。そいつが変人で、すっぽかしをするかもしれない。ドンピシャリで来るかもしれない。待ってりゃわかる。さて、ひとつ質問だ。あたしはあんたたちといっしょにここにいなきゃならないのかい？」

「いえ、その必要はないわ」バラードが言った。「彼が到着したら、ここに送りこんで。そこからはわれわれが引き受ける」

「あたしに跳ね返りはないだろうね？」ボープレが訊いた。

「あなたに跳ね返りはありません」バラードが答える。「あなたを守るわ」

「けっこう」ボープレは言った。「あたしはオフィスにいる。インターホンが鳴ったら、あたしがそいつをここに連れてくる」

ボープレは部屋を出ていき、ドアを閉めた。

バラードはボッシュを見て、彼がこの設定をどう思っているのか推量しようとした。ボッシュの表情は読めず、インタビュー・プランを変更したいかどうか訊ねようとしたそのとき、戸口からボープレが顔を出した。

「驚いたよ、こいつは約束より早く来る人間だった」ボープレは言った。「ふたりとも用意はいい？」

バラードはボッシュにうなずき、ボッシュはうなずき返した。

「連れてきてくれ」ボッシュは言った。

バラードは室内を見渡した。すばやく椅子を動かしはじめ、二脚を隣り合って並べると、三つめの椅子を中央に向かい合う形に置いた。

「テーブルがあったらいいのに」バラードは言った。「テーブルがないと、変な感じになる」

「ないほうがいいだろう」ボッシュは言った。「相手が両手を隠せない。手はいろんなことを語る」

バラードがそれについて考えていると、ドアがまたあき、ボープレがカート・パスカルを連れてきた。

「こちらがカート・パスカル」ボープレは言った。「そしてこちらがレネイと……ハリーだっけ？」

「そうです」ボッシュは言った。「ハリーです」

バラードとボッシュはパスカルと握手し、バラードは一脚だけの椅子のほうをパスカルに勧めた。パスカルはブカブカのポリエステルのワークアウト・パンツと赤いプルオーバー・パーカー姿だった。バラードが予想していたより背が低く、ブカブカの服が彼の体型をわからなくさせていた。長い茶色の髪の毛には赤い染料でメッシュが入っていて、頭の上で結ばれていた。

　パスカルは腰を下ろすまえにためらった。

「おれは座ればいいのかい、それともおれのモノを見たいのかい？」パスカルは訊いた。

　パスカルはパンツのゴムバンドに親指をかけた。

「座って下さい」バラードは言った。

　バラードとボッシュはふたりともパスカルが腰を下ろすのをまず待ち、それからバラードが腰を下ろした。ボッシュは立ったままで、空いている椅子の背に両手を置いてもたれ、パスカルが部屋のドアに向かってどんな動きをしても遮ることができるようにした。

「オーケイ、座ったよ」パスカルは言った。「なにを知りたい？」

　バラードはバッジを取りだし、それを相手にかざした。

「パスカルさん、ミズ・ボープレはこれをご存知ないんですが、われわれはほんとうは映画のプロデューサーではありません」バラードは言った。「わたしはロス市警のバラード刑事、そして、こちらはパートナーのボッシュ刑事です」

「なんだって？」パスカルは言った。

パスカルは立ち上がりかけた。ボッシュはすぐさま椅子から手を離し、背を伸ばすとパスカルをドアから遠ざける用意をした。

「座って下さい、パスカルさん」バラードは命じた。「あなたのご協力が必要なんです」

パスカルは凍りついた。だれかに助けを求められたのは、生涯ではじめてであるかのようだった。

そして彼はゆっくりと腰を下ろした。

「いったいこれはなんなんだ？」

「われわれはある男を見つけだそうとしています――危険な男を――そしてあなたがその役に立って下さるかもしれないと考えているんです」バラードは言った。「あなたはその男と過去に付き合いがあります」

「だれと？」

「ウィルスン・ゲイリー」

パスカルは笑いだしそうになったが、やめて、首を振った。

「おれをからかってるのかい？」パスカルは訊いた。

「いいえ、パスカルさん、あなたをからかってはいません」バラードは言った。

「ウィルスン・ゲイリーが危険だって？　あいつがなにをした？　赤信号を無視したのか？　尼さんに中指を立てたのか？」

「われわれが取り組んでいる事件の詳しいことはお伝えできません。秘密捜査であり、あなたがわれわれに話すこともすべて秘密にされます。いま現在、彼がどこにいるのかご存知ですか？」

「なんだって？　おれは少なくとも、ここ二年あいつを見ていないな。あいつが出所したときにだれかがパーティーをひらいてやり、おれはそこであいつを見かけた。だけど、それは二年まえくらいだぜ」

「ということは、彼が最近どこにいるのかご存知ないんですね？」

「あいつがいないところはどこかわかってる。ＬＡだ。つまり、もしあいつがＬＡにいるなら、おれは見かけたはずだ」

パスカルはパーカーのフロントポケットに両手を突っこんだ。バラードはテーブルがなくとも手を隠せることに気づいた。

「最初にウィルスン・ゲイリーとどういう形で知り合ったのかな？」ボッシュが訊いた。

パスカルはどうやって答えたらいいのかはっきりしていないかのように肩をすくめた。

「あいつはストリート・ムービーを作っていたんだ」パスカルは言った。「ショート・ムービーだ。それに名前をつけていた。シリーズ物のようだった。〈ハリウッド売春婦〉とかそんなたぐいのものだ。おれの履歴書を見たあとで、あいつはこんなふうな部屋でおれを雇った。で、おれたちは車で走りまわり、ストリート・ガールに金を払って、車に乗せ、おれにファックさせ、それを撮影した。そういう形でおれはこの業界でスタートを切ったんだ」

バラードとボッシュは長いあいだ、パスカルをじっと見ており、やがてバラードが質問を再開した。

「それはいつのことですか？」バラードは訊いた。

「さあな」パスカルは言った。「十年まえか。それくらいだ」

「車種はなにを使っていたんだろう？」ボッシュが訊いた。

「車種？　ヴァンだった」パスカルは言った。「古いフォルクスワーゲンだったな。

TVドラマの『LOST』で使っていたような。だれだってそのドラマとの関係を思いつくよ。ツートンカラーだった。上が白で、下が青」

「で、女性たちは？　だれがそのヴァンに乗るように誘ったんです？」バラードは訊いた。

「たいていあいつだったな」パスカルは言った。「あいつは口がうまかった。悪魔にだってマッチを売りつけられるとよく言ってたぜ。だけど、乗ってくる女には事欠かなかった。とにかく、大半はプロだった」

「売春婦《プロステイチユート》」バラードは言った。

「そのとおりだ」パスカルは言った。

「なかには家出人もいましたか？」バラードは訊いた。

「いたと思う」パスカルは言った。「たいして質問をしなかったんだ。もしヴァンに乗りこみ、金を払われたら、自分たちがなにをやらなきゃならないのか、彼女たちはわかっていた」

「未成年の女性は？」バラードはそれとなく訊いた。

「あー……いや」パスカルは言った。「それは法律違反になる」

「大丈夫ですよ」バラードは言った。「十年まえです。時効は過ぎています。話して大丈夫です」

バラードの時効に関する発言は、正確には本当ではなかったが、それは問題ではなかった。ここでパスカルは罪を問われるわけではなかった。

「いや、未成年はだれもいなかった」パスカルは言った。「つまり、おれたちはＩＤを確認した。だけど、ああいうところにいる連中は偽のＩＤを持っている可能性がある。おれの言いたいことがわかるだろ？　彼女たちが嘘をついていたとしても、おれたちが悪いんじゃない」

「どれくらいの頻度でそういう撮影をおこなっていたのかな？」ボッシュが訊いた。

「わからん」パスカルは言った。「月に二度くらい。おれが必要なときにあいつが連絡してきた。だけど、違う夜には違うやつと出かけていたんだ。作品にバラエティを持たせるためさ」

「そのほかの出演者の名前を知ってるかい？」ボッシュは訊いた。

「いや、知らないな」パスカルは言った。「ずいぶんまえの話だ。だけど、ウィルスンは知ってるだろうな」

「だけど、きみは彼がどこにいるのか知らない」

「ああ、知らない。ボーイスカウトの名誉にかけて」

パスカルはパーカーのフロントポケットから右手を出し、自分が真実を言っていることを示すかのように掲げた。バラードはパスカルが貧乏ゆすりをするようになったのに気づいた――この聴取に神経質になっていくにつれ、意識せずに脚を揺らしていた。ボッシュもその兆候を捕らえているだろうとバラードは確信していた。

「ゲイリーがヴァンに乗せた女性たちのだれかに腹を立てたり、動揺したりしたのを見た覚えがありますか？」バラードは訊いた。

「おれが覚えているかぎりではないな」パスカルは言った。「で、こういう質問なんだが、これはなんのつもりなんだ？　あんたたちはおれを捜査かなにかに協力させたがっているように思ったんだが」

「役に立っていますよ」バラードは言った。「事件のせいで、どのように役に立っているかは話せませんが、あなたはとても役に立っています。要するに、われわれはゲイリーの居場所をつかみたいんです。それに関して、役に立っていただけないというのはほんとうですか？　名前を教えて下さい。ほかにだれかゲイリーを知っている人間の名前を」

「だれの名前も知らない」パスカルは言った。「おれはもういかないと」

パスカルはふたたび立ち上がったが、ボッシュは再度椅子の背から手を離し、パスカルの行く手を遮る角度でドアに向かって数歩進んだ。パスカルはすぐに自分の状況を読んで、腰を下ろした。両手で自分の太ももをピシャリと叩く。

「こんなふうにおれを拘束できないぞ」パスカルは言った。「おれの権利やなにかを伝えすらしてないじゃないか」

「われわれはあなたを拘束していません、パスカルさん」バラードは言った。「たんにここで話をしているだけです。この段階では権利を読み上げる必要はありません。あなたは容疑者ではない。あなたは警察に協力している市民です」

パスカルは渋々うなずいた。

「いまからあなたに何枚かの人物写真をお見せして、そのなかに見覚えのあるものがあるかどうか確かめたいのです」バラードは言った。「写真に写っている女性のなかにウィルスン・ゲイリーといっしょにいた人間がいるかどうか知りたいのです」

ブリーフケースからバラードは標準的な六枚組み写真を取りだした――六つの窓が切り取られ、さまざまな若い女性の六枚の写真が入れられているファイルだ。写真のなかの一枚がデイジー・クレイトンの写真で、オンラインの殺人事件調書からバラードが手に入れたものだった。デイジーが七年生だったとき、モデストの学校で撮影されたポーズをとった写真だった。デイジーはカメラに向かってほほ笑んでおり、頬のニキビを化粧で隠していたが、実際の年齢より老けて見え、目にはすでに遠くを見ているような表情が浮かんでいた。

もう一枚、ターニャ・ヴィッカーズの逮捕時写真も含まれていた。警官によって職務質問され、シェイク・カードを書かれた夜にパスカルとゲイリーといっしょにいた娼婦だ。彼ら三人の関わり合いはその一夜だけだっただろうが、彼女の写真を含めたのは、パスカルの証言の確かさを測るテストのつもりだった。

バラードはファイルの表紙をめくって、パスカルに手渡した。

「時間をかけて見て下さい」バラードは言った。

「その必要はない」パスカルは言った。「だれも知らないよ」

パスカルはファイルを返そうと手を伸ばしたが、バラードは受け取らなかった。

「もう一度見て下さい、パスカルさん」バラードは言った。「大切なことなんです。ここに写っている女性で、あなたとゲイリーといっしょにヴァンに乗っていた人はいますか？」

パスカルはファイルを手元に戻し、いらだたしげにもう一度見た。

「この十年間でどれだけおおぜいの女とファックしてきたと思う？」パスカルは言った。「全員を覚えているわけがない――ひょっとしたらこの女と、ひょっとしたらこの女かな」

「どの女性です？」バラードは訊いた。

パスカルはファイルを上下反対にまわして、ふたりの写真を指さした。

ひとりはヴィッカーズだった。もうひとりはデイジー・クレイトンだった。

バラードはファイルを受け取り、デイジーの写真を指さした。

「彼女からはじめましょう」バラードは言った。「彼女がヴァンに乗っていたのに見覚えがあるんですね？」

「わからないよ」パスカルは言った。「ひょっとしたらそうかもしれない。思いだせないんだ」

「考えてみて、パスカルさん。もう一度見て。どうして彼女に見覚えがあるんですか？　どこで見たんです？」

「言ったろ。わからん。あのときに見たんだろう」

「彼女はあなたとゲイリーといっしょにヴァンに乗りこんだんですね？」

「わからん。そうかもしれない。おれはそのときからおよそ千人の女とファックしたんだ。全員を覚えているわけがなかろうが？」

「難しいことでしょうね。彼女はどうです？」

バラードはヴィッカーズの写真を指さした。

「おなじだ」パスカルは言った。「あのときに見たのを覚えているんだろう。ヴァンに乗っていたかもしれない」

「ゲイリーは映画撮影のため女性たちを選ぶのにヴァンをハリウッドのどこに停めていましたか？」バラードは訊いた。

「いたるところでだ。娼婦がいるところであればどこでもだ」

「サンタモニカ大通りでは？」

「ああ、たぶんな」

「ハリウッド大通りでは？」

「確かだ」

「ウェスタン・アヴェニューはどうでしょう？　そこはあなたたちがヴァンを停めた場所ですか？」

「その可能性はある――もしそこがプロたちが働いているところなら」

「映画のため女性を採用するのにハリウッドとウェスタンの交差点あたりで車を停めたのをはっきり覚えていますか？」

「いや。ずいぶん昔の話だ」

「当時の女性で、デイジーという名前を覚えていますか?」

「えーっと……」

パスカルは首を横に振った。バラードは自分が有効な回答を得られていないのを知っていた。方向を変えることにした。

「ヴァンのなかになにがありました?」バラードは訊いた。

「つまり、フォルクスワーゲンのなかに、という意味かい?」パスカルは訊いた。

「ええ」

「わからない。いろんな道具? ゴム製品のカートンをかならず置いていた。そうしなきゃならなかった。それからマットレスがあった。シートを全部倒して、マットレスを床に敷いた。それから余分なシーツとかなにやかやを置いていた。コスチュームもいくつかあった。ときどき、変装しないと仕事をしようとしない女の子もいたんだ」

「どうやってそれを置いていたんです?」

「あいつは、えーっと、箱やカートンなんかを置いていて、そこに全部入れていたんだ」

「どんな種類のカートンでした?」

「ほら、いろんなものを入れるためのプラスチック製の容器みたいな」

「どれくらいの大きさです？」

「なんだって？」

「そのプラスチック容器はどれくらいの大きさでした？」

「さあな。これくらいか？」

パスカルは自分のまえの空中に手で箱の形を作った。六十センチ×六十センチくらいの四角の輪郭を描いた。そんなスペースに死体を入れるのは難しいだろう。

「おれはもうほんとにいかなきゃならないんだ」パスカルは言った。「五時に脱毛の予約を入れているんだ。あした仕事がある」

「あとふたつ三つ質問があるだけです」バラードは言った。「あなたはとても親切に協力して下さっています。あなたとゲイリー氏が使っていたヴァンはどうなったか知っていますか？」

「いや、だけど、もう走っていないだろう。当時でもオンボロだったんだ。ほかに質問は？」

「あなたがゲイリー氏とヴァンのなかで撮影した映画ですが、そのコピーをお持ちですか？」

パスカルは笑い声を上げた。

「あるわきゃなかろう。おれはあんなクソを保存なんかしていない。だけど、みんなインターネットのどこかにあるんじゃないか。なんでもネットにある」

バラードはほかに質問があるかどうか確かめようと、ボッシュを見た。ボッシュはすばやく首を振った。

「もういっていいかい？」パスカルが訊いた。

「あなたは運転免許証をお持ちですか？」バラードが訊いた。

「いや、おれはもう運転していない。ウーバーを使ってる」

「では、どこにお住まいです？」

「なぜその情報が必要なんだ？」

「フォローアップの質問があったときに備えて」

「おれのエージェントに連絡すればいい。エージェントがおれを探すよ」

「ご自宅の住所を教えるつもりはないんですね？」

「教えなきゃならないのでないかぎり。警察のファイルのどこかにそれを載せたくないんだ、わかるだろ？」

「あなたの携帯電話の番号は？」

「おなじ答えさ」

バラードはパスカルを長いあいだじっと見つめた。あとでパスカルを見つける方法はたくさんあるとわかっていた。それについては気にしなかった。この瞬間、気がかりなのは、パスカルの協力姿勢であり、彼が拒絶しているのは、彼に対する疑念が深まったという意味だった。また、決断を下さねばならない瞬間でもあった。もし事態を動かし、デイジー・クレイトンと彼女の殺害にパスカルが関与した可能性について厳しい質問を投げかけたい場合、バラードは弁護士を同席させ、警察に話をしないことを選択する権利があると助言しなければならなくなる。パスカルがすでに示している話を渋る態度を考慮すれば、そのような助言は、この聴取を突然終わらせ、自分たちが彼を容疑者として考えているという通告をすることになるだろう。

それにはまだ早すぎるとバラードは判断した。ボッシュもおなじ考えを持っていることを願う。

「いいでしょう、パスカルさん、もうお帰り下さってかまいません」ようやくバラードは言った。「もし必要があれば、いつでもあなたを見つけますよ」

40

バラードとボッシュはベアトリス・ボープレに協力の礼を述べ、ヴァンに戻るまで、いまの事情聴取について、話し合わなかった。

「で？」バラードは訊いた。

「可能性の薄い対象のリストにパスカルを載せる」ボッシュは言った。

「ほんとう？　どうして？」

「もしあの男がデイジーとなにか関係があったのなら、あそこで言った話をそもそも言わなかったと思うんだ」

「どういう意味？　あいつはなにも言わなかった」

「彼は彼女の写真を選んだ。もし自分とゲイリーで彼女を殺していたのなら、いい動きとは言えない」

「だれもあいつが天才だとは言っていない。あいつは自分のペニスで生計を立てている」

「なあ、怒らないでくれ。たんにおれの感覚を述べているだけだ。あいつが潔白だとか、捜査対象から外すべきだなんて言っていない。たんに、おれはピンと来なかったと言っているだけなんだ、なにが言いたいのかわかってくれるだろうか？」

「わたしは怒ってなんかない。たんにまだこいつらからほかに目を向ける用意ができていないだけ」

バラードはヴァンのエンジンをかけた。

「どこにいく？」バラードは訊いた。「サンフェルナンドに戻る？」

「おれの家まで送ってくれるかな？」ボッシュは頼んだ。

「そこは安全なの？」

「パトカーを一台付けてくれているはずだ。おれは着替えとジープを取りにいくだけだ。移動手段をまた手に入れたほうがいい。そっちへ向かってくれるかい？」

「いいわよ」

バラードは倉庫の正面の駐車区画からバックで出て、走り去った。下道を南へ向かう。一日のこの時間帯は高速道路を避けたかった。運転しながら、バラードはパスカルとその聴取に対するボッシュの受け止め方について思いを巡らせた。自分の疑念は、状況証拠のしっかりとした土台に基づいているのか、それともこの社会はパスカルのような変態がいないほうがよりよくなるだろうという理由で彼が有罪であってほしいという願望に基づいているのか、判断しなければならなかった。しばらくして、パスカルに対する自分の感情と、彼が生計を立てている仕事が、判断を鈍らせたと認めざるをえなかった。そのことを認めるバラードなりの方法は、間接的なものだった。

「で、選び取って、中身をよく調べなきゃいけないシェイク・カードがまだあるんだけど」バラードは言った。「今夜、やってくる？　分担して調べることができる」

「なあ、パスカルを候補から落とせと言ってるんじゃないぞ」ボッシュは言った。「ゲイリーを深く調べようじゃないか。ゲイリーの居場所を突き止め、言うことがパスカルと一致しているかどうか確かめる。もしふたりが異なる話をするなら、なにかつかめるかもしれない」

バラードはうなずいた。

「そうしましょう」バラードは言った。

しばらくのあいだ、ふたりは車のなかで黙っていた。バラードはゲイリーの居場所を突き止めるための次の動きを考えていた。以前の検索では、表面を引っ掻いているだけだった。

　ボッシュはバラードにヴァインランド・アヴェニューで近道を進んで、丘陵をのぼっていくよう指示した。その道を通るとマルホランド・ドライブにたどり着き、そこから家のまえの通りに至る、と。

「で、あなたの住んでいる場所を連中がつかんだ方法はわかったの？」バラードは訊いた。「つまり、あなたを拉致した連中という意味」

「だれも確実なことはわからない」ボッシュは言った。「だが、コルテスがルゾーンを通じておれのことを知った以上、週のはじめから部下におれを尾行させた可能性はある。おれが車で帰る際に連中を連れてきてしまったのかも」

「ルゾーンというのはあなたをはめた警官？」

「やつはおれの証人を殺させた漏洩源だ。おれをはめるのにルゾーンがどれくらい関与していたかは、まだわからない」

「ルゾーンはどこにいるの？」

「病院だ。自殺しようとした。まだ昏睡《こんすい》状態だ」

「うへ」

「ああ」

「で、SISのコルテスに対する立場だけど——もしルゾーンが昏睡状態で、ほかのだれも口を割っていないのなら、どうやってSISはPCを手に入れるわけ？」

「だれかを監視するのに相当の理由《プロバブル・コーズ》は必要ない。それにコルテスが逃亡したら、SISには彼を引き留める理由がある。扶養義務だ。三人の子どもの扶養義務を怠っているという司法判断をコルテスは受けており、児童裁判所判事からの召喚状はいつでも有効だ」

その話を聞いてバラードは憂鬱になった。もしSISがコルテス逮捕の相当の理由を持たずに作戦行動をしているなら、コルテスを追跡し、停止させるのは、たったひとつの目的をもっておこなわれるだろう——コルテスが間違った動きをするかどうか見てみるという。

バラードはその方面の会話をやめた。数分後、車はマルホランド・ドライブを外れて、ウッドロウ・ウィルスン・ドライブに入った。そして、ボッシュの家のまえの最後のカーブを曲がると、ボッシュは緊張して身を乗りだし、シートベルトを外した。

「クソ」ボッシュは言った。

「どうしたの？」バラードは訊いた。

家のまえに一台のパトカーが停まっていた。それに加えて、フォルクスワーゲン・

ビートルも一台停まっていた。近づいていくと、うしろの窓にチャップマン大学のステッカーが貼られているのが読み取れた。

「娘さん？」バラードは訊いた。

「来ないように言ったのに」ボッシュは言った。

「わたしもそう言った」

「送り返さないと、ここから出ていかせないと」

バラードはヴァンをパトカーの隣に停め、運転席に座っている巡査にバッジを見せた。相手に見覚えはなく、パトカーの屋根のコードを見たら、ノース・ハリウッド分署のパトカーだとわかった。巡査とバラードは同時に窓を下げた。

「ハリー・ボッシュを連れてきました」バラードは言った。「彼はなかに私物を取りにいく必要があります」

「了解です」パトロール警官は言った。

「いつ彼の娘はここに到着したの？」

「二時間まえですね。車でやってきて、わたしにIDを見せました。なかに通しました」

「了解」

ボッシュは車を降り、ほかの車両やこのあたりのものではないほかのなにかがないか、通りの左右を確認した。ボッシュはドアを閉めるまえにバラードを振り返り見た。

「ここから署にいくのかい？」ボッシュは訊いた。

「まだいかない」バラードは言った。「ダウンタウンにいき、きのうのヘリのスポッターを食事に連れていくの。あの上空飛行のお礼をすると連絡しているので」

「じゃあ、ちょっと待ってくれ。なかに入って、少し金を取ってくる。食事を奢らせてほしい」

「気にしないで、ハリー。パイパー・テックの〈デニーズ〉にいくだけ。たいしたお礼じゃない」

「ほんとかい？　もっといい店はどうだ？　〈ニッケル・ダイナー〉はどうだろう。あそこのモニカとは心安い仲なんだ。電話をかければ、きみたちを歓待してくれるはずだ」

「〈デニーズ〉でいいの、ハリー。都合がいいし。パイパーの真向かいにある」

ボッシュは自宅のほうにうなずいた。

「おれは娘の相手をしなければならないし、ほかにやることがある」ボッシュは言った。「だけど、いつかその男に会いたいと思っている——スポッターに。お礼を言うために」

「要らないわ。それに男じゃない。彼女は自分の仕事をしているだけ」

ボッシュはうなずいた。

「じゃあ、おれの代わりにお礼を言っといてくれ」ボッシュは言った。「あのヘリの音——あれがすべてを変えたんだ」

「伝える」バラードは言った。「あとで分署に来て、ゲイリーを捜すのに協力してくれるよね？」

「ああ、あとでいくよ。送ってくれてありがとう」

「いつでもどうぞ、ハリー」

バラードはボッシュがヴァンのまえを横切り、玄関のドアに向かうのを見ていた。拉致されたときに鍵を残していったので、ノックしなければならなかった。すぐにドアがあき、バラードは若い女性の姿をかいま見た。彼女はボッシュに抱きつき、ドアを閉めた。

バラードは数秒間、そのドアをじっと見てから、走り去った。

BOSCH

41

ボッシュは娘を相手が抱き締めてくるのとおなじように強く抱き締めた。ひびの入ったあばら骨が痛みに悲鳴を上げたが、ボッシュは気にしなかった。

背後でドアが閉まる音を耳にし、娘の頭を自分の胸に押しつけながら、デッキの引き戸に目をやった。引き戸はまだ六十センチほどあいていた。侵入者たちがあけていったように。ガラスには黒い指紋採取の粉が付いていた。この家が事件現場として処理されたことを否応《いやおう》なく思い知らされる。

ボッシュは娘の肩に手を置いて、彼女を引き離し、目を覗きこめるようにした。

「マディ、ここに来るなと言われただろ」ボッシュは言った。「ここはまだ安全じゃないんだ」

「来なきゃならなかったの」マデリンは言った。「パパが大丈夫かどうかわからずにじっと向こうに留まってなんていられなかった」

「言っただろ。元気だよ」

「泣いてるの？」

「いや。つまり――あばら骨二本にひびが入っていて、おまえがハグしたときに……なんて強烈なハグだ」

「ごめんなさい！　知らなかった。でも、その顔はなに？　傷痕が残りそうだよ」

マデリンは顔に向かって手を伸ばそうとしたが、ボッシュはその手をつかんで、押しとどめた。

「傷を気にするには年を取りすぎている」ボッシュは言った。「どうでもいい。どうでもよくないのは、おまえがここにいることだ。いちゃだめだ。おれ自身もここにずっとはいられないことになっている。ジープを持っていくのと、着替えを取りに来ただけなんだ」

「それって不気味なんだけど」マデリンはボッシュが着ている体に合っていない服をあごで指し示した。

「別の警官から服を借りたんだ」ボッシュは言った。

「どこにいくつもりなの？」マデリンが訊く。

「まだわからん。こうしたことの黒幕を警察が捕まえるかどうか、待っているところだ」

「それはいつになりそう？」

「わからんな。警察はそいつを捜している」

「どうしてこんなことになったの、パパ？」

「マディ、いいか、事件に関しては話せないんだ。知ってるだろ」

ボッシュはテコでも動かないという意志が娘の目に宿るのを見た。事件の捜査規則を盾に返答を渋らせてくれそうになかった。

「わかった」ボッシュは言った。「言えるのはこれだけだ――ギャングによるギャング殺しだった迷宮入り殺人事件を調べていて、その企《たくら》みの一部の証人になる男を追いかけていた。その調べで容疑者が浮かび上がったんだが、どういうわけかその容疑者はおれが自分に狙いをつけているのに気づいたんだ。それでそいつは自分の部下たちにおれを捕まえさせ、そいつらはおれを多少小突いたんだが、深刻な事態はなにも起こらなかった。おれが救出されたからだ。あらましはそういうことだ。めでたしめでたし。さあ、おまえは学校にもどらないと」

「戻りたくない」マデリンは言った。

「戻らなきゃならない。選択の余地はないんだ。頼む」

「わかった。だけど、電話に出てもらわないと。パパが電話に出ないからあたしはここに来た。あたしはいつだって最悪の事態を考えてしまう」

「固定電話にか？　おれはここにいなかったんだぞ。それから、きのう話したように、携帯電話が壊されてしまったんだ」

「えーっと、その話を忘れちゃった」

「あした一番に新しい携帯電話を手に入れる。そうしたら、おまえからの電話には全部出る」

「そうしたほうがいいよ」

「約束する。ガソリンは大丈夫か？」

「大丈夫。途中で入れた」

「けっこう。もう出かけてくれ。すぐに暗くなる。暗くなるまえにダウンタウンの南まで進まないと」

「わかった、わかった。出ていきます。いい、たいていの父親は娘をそばにいさせたがるものなの」

「いまのおまえはクソ生意気なガキだよ」

マデリンはボッシュをつかみ、またしても苦痛をもたらすハグをした。ボッシュが息を呑《の》んだのを聞いて、あわてて離れる。

「ごめんなさい、ごめんなさい。忘れてた！」

「大丈夫だ。たんに痛いだけだ。いつだってハグしてくれてかまわない。固定電話の番号は覚えているよな。家に着いたら、それに電話をして、家に帰って無事だというメッセージを残してくれ。そのメッセージを外から確認する」

「最初にメッセージをクリアしないといけないよ。きょうだけであたしが十件ほど吹きこんだから」

「わかった。荷物はないか？」

「身ひとつできた」

ボッシュは娘の腕に触れ、彼女を玄関ドアのほうへ連れていった。外に出ると、ふたりはフォルクスワーゲンに歩いていった。ボッシュはパトカーの警官にうなずいた。そこに見えるはずではないものが見えるか確認するため、ボッシュは道路の左右に再度目を走らせた。今回、空の様子すら確認してから、関心を娘に戻した。

「車の状態はどうだ？」ボッシュは訊いた。

「いいよ」マデリンは答えた。

「あと二回ほど往復したら、オイル交換をして、タイヤを調べてやろう」

「そんなの自分で全部できるって」

「忙しいだろ」

「忙しいのはそっちもおなじ」

今回自分のあばら骨へのペナルティを物ともせず、ボッシュは自分のほうから娘をハグした。彼女の頭頂部にキスをする。心があばら骨よりも強く痛んだが、すぐに自分から彼女を遠ざけたかった。

「家の固定電話にメッセージを入れるのを忘れないでくれ。おまえが家に着いたのがわかるように」ボッシュは言った。

「そうする」マデリンは言った。「愛してる」

「愛してるよ」

ボッシュは娘の乗った車が出発し、カーブを曲がるのを見守った。車のなかで感謝されることのない退屈な仕事をしているパトロール警官にもう一度うなずいてから、家のなかに入った。少なくとも、パトロール警官には座っていられる車があり、玄関ドアで立ち番をしているわけではなかった。

家のなかに戻ると、ボッシュはキッチンの固定電話のところにいき、ポケットから名刺を取りだした。ボッシュは、オマール・セスペデス警部補に電話をかけた。コルテス事件を担当しているSIS部隊の指揮官だ。セスペデスが電話に出たとき、ボッシュはわざわざ名乗らなかった。

「娘が家に来ているのをおれに伝えるべきだったな」

「ボッシュか？　できなかった。それはわかってるだろ。それに、あんたは電話を持っていない。どうやってなにか伝えられるというんだ？」

「戯言《たわごと》を」ボッシュは言った。「娘を囮《おとり》として使ったんだ」

「それはまったく違うぞ、ハリー。われわれはそんなことはしない、警官の子どもを利用したりしない。だが、仮に彼女がやってくるとあんたに話していたとしたら、あんたは彼女に電話をして、引き返すよう伝えただろう。そうなるだろうし、それは機密の暴露になる。われわれは機密の暴露はしない。それはわかってるだろう。われわれは現状のまま手を加えずにプレーする」

ボッシュは相手の返事の論理を理解して、少し冷静になった。セスペデスはひとつのチームにマディを見張らせていた――ボッシュにも一チーム付けていた。トランキロ・コルテスが潜んでいると思われているところと同様に。マディの行動になんらかの逸脱――LAに向かう途中でUターンするなど――があれば、彼女を監視したり、尾行したりしているかもしれない第三者に勘づかれかねなかった。

「もう誤解は解けたか？」セスペデスが沈黙に向かって言った。

「娘が無事向こうの家に戻ったら連絡してくれ」

「問題ない。ところで、出ていくときに郵便受けを確認してくれ」

「なぜだ？」

「そこにあんた用の携帯電話を入れておいた。だから、次に必要が生じればこちらからそっちにコンタクトできる。それ以外の用途には使わないでくれ。傍受されている」

ボッシュはそれについて考えて押し黙った。ＳＩＳがおこなうすべての行動はモニターされ、分析されるのを知っていた。ＳＩＳのテリトリーにはそれが付き物だった。

ボッシュは話題を変えた。

「コルテスの最新状況はどうなってる？」

「まだ潜伏中だ。暗くなったらつついてみて、なにが出てくるか確認する」

「その場にいたいんだが」

「そうはいかないよ、ボッシュ。こちらのやり方ではな」

「あいつはおれを犬に喰わせるつもりだったんだぞ。現場にいたい」

「だからこそ、あんたはいられないんだ。あんたは今回の件に感情的に深く関わっている。そんなことで現場を混乱させるわけにはいかん。あんたは渡した携帯電話をいつでも使えるようにしといてくれ。適切な時期になったら連絡する」

セスペデスは電話を切った。ボッシュはまだ落ち着かない気分だったが、それほどひどいものではなかった。SISの監視をかいくぐる案があった。

ボッシュは固定電話に入っているメッセージを再生し、一件ずつ消去していった。数週間まえに遡り、大半は取るに足りない内容だった。もうめったに固定電話を使わなくなっており、メッセージが溜まるに任せていた。娘が昨日残したメッセージにたどり着くと、それを消去する気になれなかった。彼女の感情はむきだしで、彼女の感じている恐怖はリアルだった。娘が体験した気持ちを思ってぞっとしたが、それらのメッセージはあまりに純粋で失うわけにはいかなかった。最後のメッセージは言葉すらなかった。ただマディの息遣いだけが入っていた。父が受話器を手に取り、自分を恐怖から救ってくれるのを願って耳を澄ましていた。

いったん再生を終えてから、ボッシュは自分自身の携帯電話番号にかけた。電話自体は破壊されてしまったが、その番号で、まだメッセージをアクティブにして、再生できるだろうとわかっていた。過去三十六時間に九件のメッセージが入っていた。四件は娘からで、三件はバラードからだった。すべてボッシュの居場所が不明なときにかかってきたものだった。固定電話のメッセージと同様、ボッシュはそれらのメッセージを消去しなかった。一件、シスコが吹きこんだメッセージがあり、エリザベスに関して新しいニュースはなく、そちらはどうだと問うていた。最後のメッセージは、わずか一時間まえに吹きこまれたもので、マイク・エチェバリアからのものだった。そしてそれはボッシュの受け取りたくなかった電話だった。

エチェバリアは検屍局の調査官だった。ボッシュは数多くの殺人事件現場で彼といっしょに働き、ふたりは個人的にではなくとも、職業上、近しい間柄だった。ボッシュはエリザベス・クレイトンを捜しに出かけた夜にエチェバリアに連絡し、エリザベスが死体安置所にいるかどうか確かめてくれと頼んだ。エリザベスはそこにいなかったが、いまエチェバリアは、メッセージを残していた――たんにボッシュに折り返し電話をしてくれ、と。

ボッシュが折り返しの電話をかけると、エチェバリアはすぐに本題に入った。

「ハリー、あんたが捜していた女性だが、ここに氏名不明女性《ジェーン・ドウ》として来ていると思う」

ボッシュはがっくりとうなだれ、キッチンのカウンターに寄りかかった。目をつむりながら、口をひらく。

「話してくれ」ボッシュは言った。

「オーケイ、さて」エチェバリアは言った。「女性は、五十代なかばで、二日まえ、サンセット大通りのシンバッド・モーテルで発見された。あんたが言っていたように肩のうしろに、追悼のタトゥがあり、デイジーの名前が記されていた」

ボッシュは自分に対してうなずいた。エリザベスだ。エチェバリアは話をつづけた。

「検屍は、月曜か火曜になるまでおこなわれないが、すべての所見が鎮痛剤の過剰摂取を示している。要約書によれば、彼女はモーテルのマネージャーによって、ベッドで発見された。一晩の料金しか払っていなかったので、マネージャーは彼女を追いだそうとした。その代わりに死んでいるのを発見したんだ。着衣を身につけており、シーツの上に仰向けになっていた。犯罪行為は疑われていない。殺人担当刑事は呼ばれていない。パトロール隊の巡査部長と現場の検屍局職員が確認の署名をしている」

「IDは持っていなかったのか？」

「室内にIDはなかった——だから、あんたが電話してきたときに、わからなかったんだ。ああいう連中の多くは、部屋の外に荷物を隠す。薬を使用し、意識を失ったあとで、身ぐるみ剝がされるのを怖れているからだ。彼女は車を持っていたのか？」

「いや。薬はどうだ？　余っている薬剤はあったのか？」

「処方薬の空壜があった。処方書きは剝がされていた。連中はそれもやるんだな。逮捕された場合に備えて。そうすれば医者を守れる。なぜなら、またストリートに出たらすぐ、おなじ医者に会いにいくからだ。習慣性の生き物だ」

「そうだな」

「残念だよ、ハリー。この女性を知っていたようだな」

「知っていた。知らないより知っていたほうがいいんだ、マイク」

「正式な身元確認のため、あんたに来てもらえるだろうか？　それとも写真を撮って送ってもいいが」

　ボッシュはそれについて考えた。

「いま携帯電話がないんだ。あした出向くのではどうだろう？」

「あしたでいい。おれは日曜は休みなんだが、ほかの連中に知らせておく」

「ありがとう」

「じゃあ、またな、ハリー」

　ボッシュは電話を切り、家のなかを歩いて、デッキに出た。手すりに寄りかかり、フリーウェイを見おろす。エリザベスのニュースにあまり驚きはしなかったが、それでもショックを受けていた。過剰摂取は意図的なものだろうか、と考える。空の薬壜は、手に入れたものをすべて摂取したことを示唆していた。

そうした詳細はボッシュにはどうでもよかった。なぜなら、彼女の死は殺人だとボッシュは見なしていたからだ。九年がかりの殺人だった。デイジーの命を奪った人間はだれであれ、エリザベスの命も奪ったのだ。殺人犯がエリザベスと一度も会ったことがなく、あるいは一度も見たことがなかったとしても関係なかった。犯人はエリザベスから大切なものをすべて奪ったのだ。犯人は彼女の娘を殺したのとおなじように明白に彼女も殺したのだ。ひとつの行為でふたりの殺人。

ボッシュは自分に誓った。エリザベスはいまや逝ってしまったが、ボッシュは殺人犯の名前を挙げる努力をつづけるつもりだった。そいつを見つけだし、代償を支払わせるつもりだった。

家のなかに戻り、引き戸を閉め、廊下を通って、自分の寝室に入った。服を着替える。黒いズボンとシャツを着て、古いアーミーグリーンの上着に袖を通す。いくつか予備の着替えと洗面道具をダッフルバッグに放りこんだ。戻ってこられるまでどれくらいかかるかわからなかったからだ。

ボッシュはベッドに座り、固定電話を手に取った。記憶をたよりにシスコ・ヴォイチェホフスキーの電話にかけてみると、正しい番号だった。大男は四回の呼びだし音のあと、電話に出た。声には警戒心が表れていた。おそらく番号に見覚えがなかったからだろう。

「もしもし？」

「シスコ、ボッシュだ。エリザベスの悪い知らせがある」

「話せ」

「彼女は乗り切れなかった。ハリウッドのモーテルの客室で彼女は見つかった。過剰摂取のようだ」

「クソ……」

「ああ」

ふたりは長いあいだ黙っていたが、やがてシスコがその沈黙を破った。

「強くなったと思ってたんだ。彼女といっしょに過ごしたあの週――彼女が薬を抜いたとき――おれは確かなものを見た。彼女は乗り切れたと思った」

「ああ、おれもだ。だが、だれにもほんとうのところはわからない、そうだろ？」

「そうだな」

それから数分間、雑談を交わしてから、ボッシュはエリザベスにシスコがしてくれたいろんな世話に対して礼を述べ、電話を終えた。

ボッシュは廊下を戻り、玄関ドアの隣にあるクローゼットのところにいった。そこには鋼鉄製の銃保管箱があった。拉致犯たちはボッシュの火器を奪ったが、ボッシュは予備の武器を置いていた。スミス&ウェッスン・コンバット・マスターピース、ボッシュが四十年ほどまえ、パトロール警官だったときに携行していた六連リボルバーだ。それ以来、定期的に清掃をおこない、保守点検をしていた。クリップオン式のホルスターにいまでは収まっており、ボッシュはそれを上着の下のベルトに装着した。

家とチェロキーの鍵は、ボッシュが二晩まえに置いていた場所であるキッチンカウンターにあった。ボッシュは玄関ドアから家を出て、郵便受けからセスペデスが置いていった携帯電話を取りだした。もう一度、道路を見まわし、監視されていないか確認したが、ノース・ハリウッド分署のパトカー以外になにも見えなかった。チェロキーが待っているカーポートに入った。

丘を下っていきながら、エリザベスと、その致命的な悲しみについて考えた。正義が果たされるまでの長い待機は、彼女を生かしつづけるには長すぎ、充分ではなかったのをボッシュは悟った。そして、彼女を助けようとした自分の努力が、結果的には彼女を傷つけたのも悟った。彼女を素面《しらふ》にさせようとすることは、痛みをどんどん激しくさせ、ますます耐えがたいものにさせた。まだ名前のわからぬ殺人犯とおなじくらい自分は有罪なのではなかろうか？

自分はその疑問を長く抱えつづけるだろう、とボッシュはわかっていた。

42

セスペデスは、パノラマ・シティのトランキロ・コルテスの潜伏先に設定された監視の正確な場所を意図的にボッシュには知らせていなかったが、ボッシュはサンフェルナンド市警でのブリーフィングに同席していたことから、同地域でのサンフェル団の拠点と考えられる場所を探しだせた。ボッシュの案では、必要なのはその一般的な知識だけだった。丘陵から下ると、北に進んでヴァレー地区に入り、ヴァンナイズを通り抜けて、パノラマ・シティに至った。

光が空から去っていき、街明かりが灯《とも》りはじめた。ボッシュはテント村や落書きに彩られた荒涼たる工業ビル群を通過した。ロスコー大通りにたどり着き、東へ折れたところ、ほどなくしてＳＩＳの電話がポケットのなかで鳴りはじめた。最初と二度目の呼びだしには応じなかった。バルコニーに家具や冷蔵庫を置いてはいけないというルールがない、大きな団地群に入った。駐車場の奥まで車を進めると、Ｕターンをして、引き返した。バルコニーのいくつかから若いラテン系の男たちがこちらを見ているのに気づいた。

三度目に携帯電話が鳴ると、ボッシュはその電話に出た。

「ボッシュ、いったいなにをする気だ？」セスペデスが説明を求めた。

「やあ、スピーディ」ボッシュはＳＩＳの警官たちが自分たちのボスを呼んでいたのを聞き知ったあだ名で呼びかけた。「ドライブをしているだけさ。どうかしたか？」

「この作戦を潰す気か？」

「どういうことだろう。そうなのかな？」

「ここから出て、家に帰れ」

「いや、おたくとおなじ車に乗る必要がある。もし今夜がその夜なら、おれはその場にいたい」

「いったいなんの話だ。今夜がその夜だと？」

「ポロッと言ったじゃないか。今夜コルテスをつついてみるつもりだと。おれは参加したい」

「あんたはバカか？　われわれはそんなふうにしないと言っただろ。まったく、あんたはロス市警ですらもうないんだぞ、ボッシュ」

「おれを入れる理由くらい作れるだろ。おれはスポッターになれる。おれはコルテスがどんな様子をしているのかわかっている」

「そんなことけっして受け入れられない。あんたはこの作戦の一部ではないし、それを台なしにしようとしている」

「だったら、おれはひとりでコルテスの捜索をつづけるだけさ。そっちの幸運を祈る」

ボッシュは電話を切り、ロスコー大通りに車を戻した。あらたな共同住宅群に通りかかるとすぐ、ボッシュは方向指示器を出した。そこにたどり着かないうちにまた携帯電話が鳴った。

「そこへ入るな」セスペデスが言った。

「ほんとか？」ボッシュは訊いた。「いかにもコルテスが隠れていそうな場所のようだが」

「ボッシュ、そのまま進め。ウッドマン・アヴェニューの右側にガソリンスタンドがある。そこで落ち合おう」

「わかった、だけど、じらされるのはごめんだぞ」

今回、切ったのはセスペデスのほうだった。

ボッシュは指示されたとおり、進みつづけた。ウッドマン・アヴェニューで、ボッシュはガソリンスタンドに入り、この敷地《しきち》の端にある壊れた給油ポンプのそばに車を停めた。エンジンをかけたまま、待つ。

三分後、スモークガラスをはめた黒いマスタング・ハードトップがガソリンスタンドに流れるように入ってきて、ボッシュの車の隣に停まった。助手席の窓が下がり、ボッシュはセスペデスが運転席にいるのを見た。彼は浅黒い肌をして、白髪をクルーカットに整えていた。あごのとがった形が、屈強な突撃隊員と腕のいい狙撃手からなるチームを率いている人間にうってつけのように見えた。

「やあ、スピーディ」ボッシュは言った。

「やあ、クソったれ」セスペデスは言った。「ここでの確実な作戦を台なしにしようとしているのをわかっているのか」

「そんなことにはならない。おれはそっちの車に乗るのか、乗らないのか？」

「乗れ」

ボッシュはジープを降り、鍵をかけた。それからマスタングに乗りこんだ。そこは窮屈だった。ダッシュボードに取り付けられた回転台にひらいたノートパソコンが載っていたからだ。画面は、セスペデスのほうに向けられていたが、いったん座席につくと、ボッシュは回転台を動かして画面が見えるようにした。ロスコー大通りと一軒の共同住宅の建物を四台のカメラで捉えた映像が画面を四分していた。ボッシュはその建物のあるアパート群がセスペデスに同乗を認めさせたときに入ろうとしていたところだと認識した。

「各車にカメラを設置しているんだな？」ボッシュは訊いた。「おれは接近しかけていたんだ」

ボッシュはカメラ映像のひとつに映っている共同住宅を指さした。セスペデスがいきなり画面を自分のほうにまわした。

「触るな」セスペデスは命じた。

ボッシュは両手を上げて、命令に従った。

「シートベルトを締めろ」セスペデスは付け加えた。「おれがいいと言わないかぎりこの車を離れるな。わかったか？」

「わかった」ボッシュは言った。

セスペデスはマスタングをバックでジープの隣の停車区画から出した。それからスピードを上げて、ロスコー大通りに向かった。

二ブロック先で、セスペデスは車を縁石に寄せて停めた。そこからはほかの車に搭載されたカメラが焦点を合わせている共同住宅群の景色が見えた。セスペデスが首を伸ばし、車の天井に向かってしゃべった。

「シエラ2、ＯＰ1に戻った」

ボッシュはバイザーの裏にマイクがあるのを知った。たぶん床のフットスイッチで起動するのだろう。標準的な監視装置だ。ほかの車から一連のクリック音がつづいた。セスペデスは、監視《O》ポイント《P》1号だった。ほかの車は共同住宅群のほかの画角からの映像を提供していた。

セスペデスはボッシュのほうを向いた。

「そして待つ」セスペデスは言った。

ボッシュは暗くなるのを彼らが待っている理由をわかっていた。夜は追跡者にとってつねに有利に働く。車はヘッドライトしか見えなくなり、バックミラーでは認識しがたい。運転手はシルエットになる。

「どうやってやつをつついてみるんだい？」ボッシュは訊いた。

セスペデスはしばらく黙っていた。ボッシュはどこまで話したらいいのかセスペデスが決めかねているのを感じた。ＳＩＳはロス市警のなかでとても偏狭なグループだった。いったんそこに異動すると、けっして外へは異動することがなかった。彼らは市警内の昔のパートナーや友人たちと関係や接触を断つ。その部隊の五十年の歴史で、チームに配属された女性はたったひとりしかいなかった。

「フットヒル分署のギャング担当には、潜入警察官がいる」セスペデスは言った。「彼がわれわれにコルテスとおなじランクにいる幹部の携帯電話番号を教えてくれた。われわれはその携帯電話をハイジャックし、あんたに関する出席がかならず求められる会合がハンセン・ダムで開かれる、というメッセージをコルテスに送った。そのトリックがうまくいくよう祈っているところだ」

セスペデスは、少なくとも二件、市警の規定手順に対してまっこうから反していなくとも、違法であることは言うまでもない、評判を危うくする事柄を口にしていた――令状なしに携帯電話をハイジャックしたのなら。セスペデスはボッシュを引きこみ、あとでまずい事態になりかねないものに連座するよう誘おうとしていた。もしボッシュがいま反対しないなら、あとで無実を主張できなくなるだろう。

そしてそれはボッシュにはまったくかまわなかった。

「なぜハンセン・ダムなんだ？」ボッシュは訊いた。

「ほんとうのことを言おうか？」セスペデスは言った。「あのダムには防犯カメラがないんだ」

セスペデスは横を向いてボッシュを見た。これもまた、ボッシュが降参するか、このまま付き合うかの判断ができる瞬間だった。

「いい計画だ」そう言ってボッシュは、全面的に加わることにした。

ＳＩＳはロス市警で独自の立場を保持していた。ＦＢＩからマスコミや公民権グループにいたるまで、外部の機関に頻繁に捜査に入られ、撃たれた容疑者たちの家族にたびたび訴えられ、憤慨した弁護士たちに〝死の部隊〟と決まったようにレッテルを貼られていたが、ロス市警内部の一般警察官からは正反対の評判を享受していた。不定期に採用枠が空くと、数百人の応募があった。給与ランクを落としてでも入りたいと願う者すらいた。その理由は、ほかのどのユニットよりも、真の警察活動だと見なされていたからだ。ＳＩＳは凶悪な犯罪者をボード上から消し去る。生きて捕らえられるかどうかはたいした問題ではなかった。彼らは銃撃犯やレイプ犯や連続殺人犯を排除した。ＳＩＳが犯人を逮捕したり殺したりしたおかげで、犯罪が起こらなかったことの訴求効果は数量化できないが、巨大なものだった。その仲間に加わりたくないと思う警官は警察機構のなかにひとりもいなかった。外部の批判や捜査や訴訟など、気にすることはなかった。これこそもっとも自然な形での〝保護と奉仕〟（ロス市警のモットー）だった。

ボッシュは全面的に加わる以外の選択肢があるとは思わなかった。トランキロ・コルテスは、ルールに従っていなかった。彼は手下にボッシュを自宅から拉致させたのだ。娘がしばしば眠っている場所から。家族を脅かすことほど警察官に対する最悪の犯罪はありえない。そんなことをすれば、もうおしまいだ。ボッシュがいい計画だと言ったとき、彼は本気だった。どちらにせよ、トランキロ・コルテスからの脅威は、真夜中になるまえに終わるだろうとボッシュは見込んでいた。

43

午後八時十分、マスタングの無線が生き返り、ターゲット——トランキロ・コルテス——が見つけられ、移動中であるという連絡が入った。ＳＩＳの隊員が利用している無線コードを解釈して、ボッシュは、コルテスは、身元不明のボディーガード兼運転手と同行しており、シャコタンの白いクライスラー３００に乗りこんだのだと推測した。その車は違法なスモークガラスにしており、ガラスの向こうにいる人間の識別は不可能だった。

クライスラーはロスコー大通りを東に向かい、セスペデスはＳＩＳの随行車群をマスタングが動きだすまえに走らせた。コルテスが長いリードを保って、そのあとから別の車がついていくような対監視テクニックをはじめたのかどうか確認するため、セスペデスは待機していた。そういうのがいないことを確信して、セスペデスは車の流れに入り、ほかの車に追いついた。部隊の指揮官としての彼の役割は、後方にとどまり、もし走行順を変えながら走っている四台の車の一台が容疑者に気づかれたり、ほかのなんらかの形で任務からはずれた場合に、スピードを上げて、クライスラーを取り囲む、浮いた箱型監視の一角に入る用意をしておくことだった。

クライスラーがブランフォード・ストリートで北に曲がったと無線で報告が入ったのをボッシュは耳にした。そのまま進むと、ハンセン・ダムの公園兼ゴルフ・コースに至る。ボッシュは各ユニットが無線で自分たちをアドバンス、バックドア、アウトリガー1、アウトリガー2と呼んでいるのを耳にし、移動しながら監視対象に関する報告をしつづけるのを聞いた。声は冷静でのんびりしたものだった。まるでTVのゴルフ中継をしているかのようだった。

「公園のどこにいく予定だ?」ボッシュは訊いた。

「ゴルフ・コースの駐車場だ」セスペデスは言った。「いまは空っぽのはずだ。暗闇でゴルフはできないだろ?」

ボッシュはセスペデスに計画を話させようとして、その質問をしてみたのだった。いま公園から二キロ弱のところにおり、ボッシュはいったん身柄確保地点に達したら、どんな戦術をとるのか知らなかった。

「選択をすることになるだろう」セスペデスは言った。「つねにそうなる」

「どういう意味だ？」ボッシュは訊いた。「どんな選択肢があるんだ？」

「生きるか死ぬかだ。計画ではつねに牽制《けんせい》が最初に来る。自分が箱から逃れられないとわかる状況にやつを押しこめる。そこでやつには選択肢が出てくる。立ったまま出てくるか、うつぶせになるか。驚くほどたくさん、この手の連中は間違った選択をするんだ」

　ボッシュはたんにうなずいた。

「こいつはあんたを誘拐したやつだ」セスペデスは言った。「あんたの娘が家と呼んでいる場所から。そのあと、やつはあんたを拷問し、体を犬に喰わせるつもりでいた」

「そのとおりだ」ボッシュは言った。

「昔見た映画みたいだ」

「だれかがそんなことを言ってたな。おれはその映画を見逃している」

「ああ、われわれはあの連中に映画は実際の生活ではないと教えてやる必要がある。この状況に若干の真実をもたらす。おれの言っている意味がわかるか？」

「わかる」

「あいつに対する捜査の進み具合は？」

「立件にはほど遠いな。昏睡中の男がいる――警官だ。もし昏睡から醒《さ》め、話すようになれば、ひょっとしたら立件できるかもしれない」

「だが、あんたはコルテスを見なかった、そうだな？　檻に入れられていたときに」

「見ていない」

「ということは、言い換えるなら、あんたたちはなにひとつ手に入れていない。われわれがこの馬鹿げた扶養義務違反で逮捕したとしても、あんたがあいつに話しかけ、あいつがまず弁護士を呼べと言わず、次にあいつが間違ったことを言って、自分自身をないがしろにすることを期待するしかないわけだ」

「ああ、そのとおりだな」

「まあ、それなら、あいつが今夜間違った選択をすることを祈ろうじゃないか」

それから少しして、コルテスを乗せたクライスラーがハンセン・ダム・レクリエーション・エリアに入ろうとしていると無線が入った。浮いた箱型監視をおこなっているうち二台の車が先に入っており、クライスラーを待ち受ける位置に停止して、重罪犯を停車させる罠を仕掛けた。

「駐車場に囮の車を置いている」セスペデスはボッシュに言った。「われわれが利用している電話の持ち主が運転している車に似たフォードのピックアップ・トラックだ。コルテスがそれに近づけば、われわれは入っていく」

ボッシュはうなずいた。マスタングのセンター・コンソールに身を寄せて、ボッシュはノートパソコンの画面を見られる角度におさまり、監視車両の四つの車載カメラの映像を見た。二台が車の流れのなかを移動しており、まだ公園に入っていないのに気づいた。二台のカメラ映像は静止していた。それらの映像はいまや赤外線に切り替わっていた。ひとつの画角は、ゴルフ・コースのクラブハウスとおぼしき建物の隣にあるドライブウェイを単純に映していた。もうひとつの画角は、駐車場の遠い端にある場所にバックで停まっているピックアップ・トラックを駐車場の手前から映していた。

「この映像は、遅延があるのか？」ボッシュは訊いた。

「約二・五秒遅れて入る」セスペデスは言った。

「録画している？」

「している」

ターゲットの動きを報告する声が無線で重なりあっていたが、三十秒近く、完全に静まり返り、そこで罠が起動した。

すぐにボッシュは、静止しているカメラ画角のひとつのなかでクライスラーが駐車場に入ってきたのを見た。だが、ピックアップ・トラックに近づかずに、ピクリとも動かなくなった。

「やつはなにをしているんだ？」ボッシュは訊いた。

「たんに警戒しているだけだ」セスペデスは言った。

セスペデスは無線で連絡した。

「あいつにウインクしてやれ、ジミー」

「了解」

駐車場にあるもう一台の車の車載カメラで、ピックアップ・トラックのヘッドライトが二回点滅するのが見えた。ボッシュは、四つのカメラ映像のすべてがいまや静止しており、赤外線映像になっているのに気づいた。

「ピックアップに人を乗せているのか？」ボッシュは明らかなことを口にした。

セスペデスは片手を上げて黙らせた。いまやボッシュにひとつひとつの動きを説明する時間ではなかった。セスペデスはまた無線に向かって言った。

「さあ、やるぞ、ジミー。そこから出ろ」

クライスラーがピックアップに向かって動きはじめた。ボッシュからはだれかがフォードを降りたようには見えなかった。セスペデスはクライスラーの接近を計り、カメラの遅延を計算に入れ、車の床にある無線送信ボタンを踏みこんだ。

「いまだ！　全部隊——いけ！」

四つのカメラ映像がすべて動きだし、接近した。そのずっとうしろからセスペデスはスピードを上げ、マスタングは公園に入った。車はゴルフ・コースに向かって速度を上げ、デコボコの道の上を飛び跳ねたが、ボッシュはノートパソコンの画面から目を離せなかった。片手でアームレストを、反対の手でノートパソコンの回転台をつかみ、画面を安定させ、各車の行動を展開されるままに見ようとした。

クライスラーがピックアップ・トラックの隣の駐車区画に入ると、四台の監視車両が接近した。カメラが近づくにつれ、トラックが蔦《つた》のからまる壁にピタリと後部を付けているのが見えた。そちらの方向に逃げ場はなかった。

四台の尾行車が近づいていき、車載カメラは、クライスラーに対して古典的な散開フォーメーションを組んでいるのを明らかにした。クライスラーは鼻先を壁に塞がれ、武装した警官が乗っている四台の車が百二十度の弧を描いて、うしろに広がっていた。

カメラの角度が重なりあい、ボッシュはＳＩＳの隊員たちがあけた車のドアを掩蔽《えんぺい》物《ぶつ》にして、武器をクライスラーに向けているのを見て取った。音声はなかったが、ボッシュは彼らが怒鳴っており、車のなかにいる男たちに降伏を要求しているのを知っていた。

戦闘姿勢を取っているふたりの隊員がＳＩＳの車の左右に移動して、クライスラーをさらに包みこみつつも、十字砲火による味方への誤射を避ける角度を保っているのをボッシュは見て取った。

十秒間、なにも起こらなかった。クライスラーからなんの動きもない。スモークガラスは閉まったままだったが、ＳＩＳの強力ハイビームが車内を切り裂き、ボッシュは車内にふたりの男のシルエットを見分けることができた。

マスタングが駐車場に入り、スピードを上げて対峙の場へ向かった。ボッシュは自分のいる位置を確認しようと視線を上げたが、すぐに下を向いてカメラ画面を見た。そのとき、クライスラーの前部座席のドアが同時にあいた。

ボッシュは最初、車の助手席から両手が出てくるのを見た。手をひらき、高く掲げて、トランキロ・コルテスが降伏するため姿を現した。彼はボッシュと会ったときに被《かぶ》っていたのとおなじ平たいつばのドジャースのキャップを被っていた。

運転手がつづいたが、彼は出てくる際に左手しか掲げていなかった。

マスタングが追跡車両の一台のうしろに停まり、いまやボッシュは隊員たちの緊張した声が聞こえるくらい近くに来ていた。ボッシュは行動をライブで見ようと、ノートパソコン越しに眺めた。

「手を上げろ！」

「両手だ！」

「手を上げるんだ！」

そのとき、警告が警報に変化した。

「銃だ！　銃だ！」

ボッシュはSISの車の一台があいだにあったので、運転手の頭と肩しか見えなかった。下を向いてノートパソコンの画面を見、クライスラーの運転席側が映っているカメラの画面を見た。運転手は、ずんぐりした体つきの男で、車から出ようとして体をひねらねばならず、右腕をふりまわすような形で掲げようとしながら、車から姿を現した。男の腕が体から離れると、ボッシュは銃を目にした。

すさまじい一斉射撃音が男の全方位から聞こえたようだった。

トランキロ・コルテスは、ボディーガードの虚勢と銃を振りまわすという自殺的な判断の巻き添えを喰った。コルテスは殺戮《さつりく》の場の中心にいて、格好の的になった。ふたりの男たちは、まわりを取り囲んでいる八名の射撃手に繰り返し撃たれた。クライスラーの窓は粉々になり、車の両側の男たちは倒れた。コルテスは実際には身を翻し、おそらく隠れる場所を探そうとして、頭から先に車のなかに飛びこもうとした。そこで倒れ、うつむいてサイドシルに寄りかかった姿勢になった。キャップは頭から離れなかった。

発砲がやんではじめてボッシュはノートパソコンの画面から顔を起こして見た。追跡車両二台のあいたドアのあいだの角度から、コルテスが見えた。白いシャツのまえが血に染まっていた。コルテスの体は痙攣し、頭がガクガク揺れていた。その瞬間、彼はまだ生きていた。

「車のなかにいろ、ボッシュ」セスペデスは怒鳴った。

セスペデスは飛び降り、二台の車のあいだを走り抜け、発砲の濃い煙のなかを抜けていった。そのあとをふたりの部下がついていった。彼らは地面に倒れている男たちに銃の狙いをつけながら、恐る恐るクライスラーに近づいていた。ボッシュはノートパソコンに戻り、もっとよく見えるよう自分のほうに完全に向けた。

ボディーガードの死体の隣の地面に一挺《ちょう》の銃があった。SIS隊員のひとりがそれを蹴り飛ばしてから、屈《かが》みこみ、その死体の脈を確認した。隊員は手で合図した。フラットライン。ボディーガードが死んでいることを示していた。

コルテスは引きずり下ろされて、地面に仰向けに寝かされた。ひとりの隊員が彼の隣に膝をついた。赤外線画面でも、コルテスが呼吸をしているのは明白だった。セスペデスがいまや画面に映っており、携帯電話ですでに話をしていた。救急車を要請しているのだろうか、それとも幹部に連絡しているのだろうか、とボッシュは推測した。

ボッシュはマスタングから降り、現場に入りたかったが、命じられたように車のなかに留まっていた。もしセスペデスが自分のことを忘れている様子であれば、ボッシュは車を降りるつもりだった。セスペデスが電話をいったん切り、またあらたな電話をかけるのをボッシュは見た。

ボッシュは画面を見て、おなじ行動をもう一度見た。ノートパソコンへの配信には遅延があることを思いだす。キーボードを見て、左向き矢印の場所を確かめ、押した。画面上のビデオは巻き戻しをはじめた。ボッシュは指を置いたまま、映像が発砲場面を通り過ぎ、ふたりのサンフェル団員がまだ白いクライスラーのなかにいるところまで巻き戻した。

ボッシュは致命的な対峙を再生した。ときどき巻き戻しボタンを押して、再生速度を遅くしたり、丸ごと場面を再生したりした。どうやって再生をスローモーションにしたらいいのかわからなかった。画面の左上のカメラ映像に注目した。それは片手を上げて運転手が車から出てくる場面をほぼ正面から捉えていた。

ボッシュは運転手の右腕に注目し、それが車の陰から出てくるところを見た。腕が体のうしろから現れるとき、ボッシュには銃が見えた。だが、その手は銃把をつかんでいなかった。運転手は武器を持っていたが、すぐに撃てる握り方をしていなかった。

すると、一発の銃弾がドアのフレームに当たって、砕け、車が衝撃を受けるのを見た。最初の一発だ。それは銃がはっきり見え、運転手の意図が明らかになるまえに発砲されていた。ボッシュはキーボードから指を離し、銃撃の残りが再生されるままにした。顔を起こすと、ウインドシールド越しにセスペデスがマスタングに向かって歩いてくるのが見えた。ボッシュは急いで早送りの矢印に指を置き、再生速度を上げさせ、リアルタイムに追いつかせたところで、SISのボスが助手席のドアをあけた。

セスペデスは体を倒して車内を覗いた。

「あいつは死にかけているが、まだ意識がある。もしなにか言いたいのなら」セスペデスは言った。

「オーケイ」ボッシュは言った。「ああ」

セスペデスは後退し、ボッシュは車を降りた。ふたりはＳＩＳ車両二台のあいだを通って、クライスラーの助手席側にいった。濃い煙がまだ空中にただよっていた。

コルテスの目は見開かれ、恐怖に戦《おのの》いているようだった。舌と唇に血が付いており、ボッシュは彼の肺が断片化した鉛で一杯になっているだろうとわかっていた。ボッシュはコルテスがひどく若く見えるのにショックを受けた。数日まえ、ランドリー《ラバンデリア》の駐車場で、せせら笑いを浮かべ、気取った態度を見せていた男はどこにもいなくなっていた。コルテスは野球帽をかぶった怯えた少年のようだった。

ボッシュはなにか言うようなときではないとわかっていた。勝ち誇ったり、復讐《ふくしゅう》の言葉を投げつけて嘲笑するときでもなかった。

ボッシュはなにも言わなかった。

コルテスもなにも言わなかった。彼はボッシュの目をじっと見て、片方の腕を動かし、血まみれの手をボッシュのズボンの裾に伸ばした。まるで生にしがみつき、待ち受けている暗闇に引きずりこまれずにいられるかのようにその裾を握りしめた。

だが、数秒後、コルテスは力を失った。手を離し、目をつむると、死んだ。

BALLARD

44

バラードは休憩室のテーブルに最後のシェイク・カードを広げた。ここだと刑事部屋の借りた机よりもスペースがあった。バラードはボッシュを待っていた。カードを調べ終え、電子的な背景調査も終えていた。これらのカードを現場で調べるときだった。もし遅くなりすぎないうちにボッシュがやってくれれば、今夜のうちに何件か消化できるはずだった。待っている、とボッシュにショートメッセージを送るか、電話をかけるかしたかったが、彼が携帯電話を持っていないことを思いだした。

バラードがそこに座ってカードを眺めていると、マンロー警部補がコーヒーを淹れに入ってきた。

「バラード、こんなに早くになにをやってるんだ?」マンローは訊いた。

「たんに趣味の事件に取りくんでいるだけです」バラードは答えた。

バラードはカードから顔を起こさず、マンローはコーヒーの用意から顔を起こさずにいた。

「女の子の古い殺人事件か？」マンローが訊いた。

「ええ、女の子の」バラードは言った。

バラードはテーブルの上で、二枚のカードを優先度の低い側に移動させた。

「それはあのタトゥ・アーティストとどう関係しているんだ？」マンローが訊いた。

「あの事件は解決しているぞ」

今度はバラードはマンローに視線を向けた。

「なんの話です、警部補？」バラードは訊いた。

「すまんな、おせっかいをしたみたいだ」マンローは言った。「記録保管箱を調べているとき、きみの郵便受け《メールスロット》に殺人事件調書が入っているのを見かけた。ざっと目を通してみた。その事件を覚えているが、覚えているかぎりでは、犯人はあっというまに捕まったはずだ」

〈ズートゥ〉殺人事件調書。バラードはそれを待っていたが、夕食を終えて出勤したときにメールスロットをチェックするのを忘れてしまっていた。

「解決済みです」バラードは言った。「たんに見てみたかっただけです。そこに届いているのを教えていただいてありがとうございます」

　バラードは休憩室を出て、奥の廊下を通って、メールルームにいった。そこには分署の巡査や刑事それぞれ用に開放式のメールスロットがあった。バラードは自分のスロットからプラスチック製のバインダーを抜き取った。

　休憩室に戻ってみるとマンローはいなくなっていた。バラードはその場で殺人事件調書を見てみることにした。広げたシェイク・カードをほったらかしにしないで済むように。バラードは腰を下ろし、バインダーをひらいた。

　殺人事件調書のデザインは市警の全殺人事件担当部門で共通していた。二十六のセクションにわかれている——事件現場報告書、ラボ報告書、写真、証人供述などど。最初のセクションはつねに時系列記録のセクションだった。捜査員たちが日々、時間ごとの自分たちの行動を記録する書類だ。バラードは十六番目のセクションをひらいた。そこには事件現場の写真が入っていた。

　ビニール・ポケットに収められた分厚い三×五インチの写真束を抜き取り、それに目を通しはじめた。カメラマンは完璧主義者で客観的だった。タトゥ・パーラーと殺人現場を隅々まで明るい、ほぼ露出過剰の印画紙に記録していた。二〇〇九年、市警はまだフィルム写真を使っており、デジタル写真は、デジタルの改竄《かいざん》の懸念があることから、司法制度ではまだ受け入れられていなかった。バラードはすばやく写真をめくっていき、事件現場の中央にある被害者の死体を撮影したものにたどり着いた。オーディ・ハスラムは、抵抗していた。両腕、両手、指には、すべて防御創の深い裂傷があった。だが、最終的に彼女は自分より大きく、はるかに力の強い襲撃者に屈した。胸と首に深い刺し傷があった。被害者が着ている〈ズートゥ〉のタンクトップが血ですっかり染まっていた。動脈から噴きだした血が、殺人犯に押しこまれた狭い収納部屋の四方の壁すべてに飛び散っていた。被害者は磨かれたコンクリートの床で死んでおり、胸にかけた十字架を片手で握り締めていた。つじつまの合わないことに、タトゥ・アーティストは自分自身にはタトゥを入れていなかった。少なくとも写真のなかでバラードの目に入るかぎりでは。

殺人事件は殺人事件であり、バラードはすべての殺人事件は、警察の全面的な関心と努力を払われるに値するとわかっていた。だが、バラードはつねに女性の殺人事件に心を打たれていた。たいていの場合、バラードが目を向け、取り組む女性殺人事件は、過剰に暴力的だった。たいていの場合、殺人犯は男性だった。そのことが深い影響を及ぼすなにかがあった。他人の手による死がもたらす一般的な不公平さを超えて、特別に不公平なものがあった。自分たちの生きているどの瞬間にも、体の大きさや性質が、異性に対して脆弱《ぜいじゃく》なことを知っていたら、男たちはどうやって生きていくのだろう、とバラードは疑問に思った。

バラードは写真をまとめ、十六番セクションのポケットに滑りこませて戻した。ついで十二番セクションに移る。そこは容疑者専用のセクションだった。バラードはオーディ・ハスラムを殺した男の写真を見たかった。

逮捕時写真では、クランシー・デヴォーは、死んだような目つきと、人としての共感を欠いているような表情でカメラを見つめていた。ひげをあたっておらず、不潔で、片方のまぶたがもう片方より垂れ下がっていた。まっすぐで薄い唇の口元には、後悔や謝罪の表情というよりも、反抗的な薄笑いが浮かんでいた。オーディ・ハスラム殺害がそれまで逃げおおせてきたことに終止符を打つまえに、おそらくおおぜいを傷つけてきたであろう常習犯の異常者だった。どんな犯行であれ、被害者の大半は女性だろう、とバラードは推測した。

デヴォーのそれまでの犯歴のプリントアウトがそれを立証していた。ミシシッピ州での少年時代に遡って、何度も起訴されていた。犯罪は、麻薬所持から複数の加重暴行や殺人未遂に至るまで多岐にわたっていた。そのリストには被害者の性別は記されていなかったが、バラードはわかっていた。デヴォーは女性嫌いだった。永年にわたって積み重ねてきたものがなければ、タトゥ・パーラーの奥の部屋で女性をあれほど何度も、すさまじい激しさで刺しはすまい。哀れなオーディ・ハスラムは、時と場所を間違えて居合わせてしまった。おそらく、間違った言葉や咎《とが》めるような目つきで、デヴォーを切れさせ、自分の死を招いてしまったのだろう。

十二番セクションのポケットに記されたメモ書きでは、デヴォーはタトゥ・パーラーでの殺人の罪で仮釈放なしの終身刑を宣告されていた。デヴォーが二度とふたたび女性を傷つけることはないだろう。

そこからバラードはこの事件の証人たちの供述を収めているセクションに移った。実際の殺人の目撃者はいなかった。なぜなら殺人犯は、客がいなくなるまで待って、盗みを働き、ハスラムを殺したのだから。だが、捜査員たちは、その夜、店に来ていたほかの客たちを調べ、話を聞いていた。

バラードは手帳を取りだし、証人の名前と連絡先の情報を書き留めはじめた。彼らはいずれも二〇〇九年ごろのハリウッドの夜の住人であり、もしいま所在を確かめられたら、役に立つ話を聞かせてくれるかもしれなかった。それらの証人のうち、デイヴィッド・マニングという名前の男にバラードは聞き覚えがあった。バラードは殺人事件調書を脇へ置くと、ボッシュに吟味してもらうため広げていたシェイク・カードを眺めた。マニングを見つけた。

証人供述によれば、マニングは殺人事件の二時間足らずまえにタトゥ・パーラーにいた。彼は当時五十八歳で、フロリダ出身の元密輸業者と記されていた。彼は週の曜日ごとにハリウッドの異なる通りに古いＲＶを停めて暮らしていた。頻繁に〈ズートゥ〉を訪れていた。オーディ・ハスラムを好いていて、両腕に袖のように入れた膨大なタトゥ・コレクションにあらたなタトゥを加えるのを好んでいたからだ。クランシー・デヴォーに捜査の焦点を合わせるまえに書かれた供述の行間を読むと、マニングはハスラム事件で初期の容疑者だったようにバラードには思えた。暴力がからまない犯行だったが前科があり、彼女が生きているところを見た最後の人間のひとりだった。実際に警察に身柄を押さえられ、事情聴取を受けていたところ、事件現場の指紋分析結果が到着して、捜査を異なる方向へ進めることになったのだった。

マニングのシェイク・カードの情報の多くは、証人時の供述と合致していた。そのシェイク・カードは、マニングの持っていたＲＶのせいで、バラードによって最終グループに選ばれた。そのＲＶは、バラードとボッシュが興味を抱いているヴァンのカテゴリーに合致していた。そのシェイク・カードは、クレイトンとハスラムの殺害事件の七週間まえ、あるパトロール警官が、サンタモニカ大通りのすぐ南のアーガイル・アヴェニューに停まっているＲＶを調べ、マニングに商業駐車ゾーンにレクリエーション車両を駐車するのは法律違反だと伝えたときに書かれた。当時、ロス市警はホームレスを追いだし、移動させつづけることを躊躇していなかった。だが、そのときから、一連の市民権訴訟と市庁舎の指導者の変化が、そうした慣習の改正に繋がり、いまやホームレスいじめは実質上馘首《かくしゅ》をもたらす違反行為になっていた。その結果、ホームレスに対する法の執行はほぼなくなり、マニングのような人間はハリウッド内のどこであろうと好きなところでＲＶを停めるのが認められた。一戸建て住居や映画館の正面に停めるのでないかぎり。

二〇〇九年にマニングを追い払ったパトロール警官は、短い会話と彼のフロリダ発行の運転免許証から得た情報を職務質問カードに記入していた。バラードがボッシュのためにカードの準備をする際に、マニングの名前と生年月日をデータベースで調べており、マニングはいまではカリフォルニア州発行の免許証を持っていたが、そこに記されていた住所は役に立たないものだとバラードは判断した。マニングはカリフォルニア州の運転免許証や身分証明書を取得するために自身の住所として教会の住所を使うという常套《じょうとう》手段を取っていた。その住所は行き止まりだったが、マニングが登録したＲＶは、もし彼がまだその地域に住んでいるなら、見つけるのはあまり難しくないはずだった。

バラードはマニングのシェイク・カードを拾い上げ、関心を向けるより優先度が高いと信じているカードの列にそれを移動させた。デイジー・クレイトンが殺される二日まえに殺された女性を知っており、好んでおり、取り憑《とつ》かれていた可能性のある事実は、バラードの見積もりでは、調べてみる価値があった。

バラードはマニングと話してみたかった。ノートパソコンをひらき、マニングに関して〝情報のみ乞う〟の連絡書に取り組んだ。その連絡書は、いくつかの指示を添えた非公式の捜索指令だった——もしマニングあるいは彼のRVを見かけたら、追い払ったり、逮捕したりせず、二十四時間三百六十五日、バラードに連絡されたし、と。

バラードはRVの特徴とプレートナンバーを含めた連絡書をプリントアウトし、マンロー警部補に渡すため、当直オフィスまで持っていった。そこに到着すると、マンローは部屋の中央でふたりのほかのパトロール警官と立っており、当直司令官の机の奥の壁の高い位置に取り付けられた液晶ディスプレイを見上げていた。バラードには9チャンネルのロゴが見えた。地元の二十四時間ニュース報道局だ。見覚えのあるレポーターが、何台もの警察車両の点滅する照明を背景に、ライブ中継をおこなっていた。

バラードは彼らのかたわらに歩いていった。

「なんのニュース？」バラードは訊いた。
「ヴァレー地区での警察官発砲事件だ」マンローが言った。「撃たれたふたりが意識不明だ」
「SISなの？　ボッシュの監視の件？」
「それについてなんの報道もされていない。彼らはなにひとつ知らない」
バラードは携帯電話を取りだし、ヘリのスポッターであるヘザー・ルークにショートメッセージを送った。

ヴァレーでこの件の上を飛んでる？

いいえ、今夜はサウスエンド。聞いたよ。ふたり死んだ。ボッシュの件？　SIS？

そうみたい。調べる。

バラードはまだ連絡が取れるボッシュの電話番号を持っていなかった。画面をじっと見つめ、レポーターの背後の活動を見守ったが、最後に正確な場所を口にするまで、レポーターが言っている内容に耳を傾けていなかった。

「ハンセン・ダム・レクリエーション・エリアからライブ中継でした」

バラードはそこはフットヒル分署の管轄であり、さらにサンフェル団の縄張りである可能性が高い、とわかっていた。ボッシュの事件のはずだった。ということは、今夜、彼を見かけることはたぶんないだろう。

バラードは休憩室に戻り、優先順にシェイク・カードを重ね合わせ、それと〈ズートゥ〉殺人事件調書を刑事部屋に持っていった。壁の時計を確認すると、自分のシフトはあと一時間ははじまらなかった。一瞬、ヴァレー地区まで車で駆けつけ、SISの発砲現場に押しかけることを考えた。これは自分の事件だと感じた。ハリー・ボッシュ救出に自分が果たした役割を考慮すると。

だが、縁に留め置かれるだろうとわかっていた。SISは閉鎖社会だ。黄色いテープを潜らせてくれたら、ボッシュは運がいいほうだろう。

バラードはいかないことに決め、そのかわり、最後まで目を通そうと、ふたたび殺人事件調書をひらいた。一番セクションをひらく。時系列記録だ。この記録は捜査に同行するのと似たような気持ちにさせてくれた。時系列記録は、事件担当刑事たちの行動を逐次記録したものだった。

バラードは最初から読みはじめた。自宅から呼びだされ、タトゥ・パーラーに派遣されたときからはじまる。事件は、ハリウッド分署殺人課のふたりの刑事によって捜査がおこなわれた。同課が解体され、分署の殺人事件がウェスト方面隊殺人課の担当になるまえの話だった。刑事たちの名前はリビングストーンとペッパーズだった。バラードはふたりとも知らなかった。

その時系列記録は、殺人事件調書と同様、バラードがほかの殺人事件調書で見たものよりずいぶん短かった。強盗殺人課所属時代にバラード自身が用意したものを含めても。だが、それはリビングストーンとペッパーズの努力を測るものではなかった。事件があっというまに解決したからだった。刑事たちがまえに進み、徹底した捜査をおこなっている最中に鑑識がふたりに容疑者を皿に載せて差しだしたのだ。店の奥の収納部屋で採取された血まみれの指紋が、クランシー・デヴォーと結びついた。すぐにデヴォーは居場所を突き止められ、身柄を押さえられ、殺人の凶器だったと思われている壊れたナイフがデヴォーの所持品のなかから回収された。事件は二十四時間足らずで解決した。

あらゆる殺人事件がそれくらい簡単に解決されればいいのに、とバラードは思った。だが、普通はそうではなかった。ひとりの少女が路上で拉致され、殺された。彼女を殺した犯人の手がかりはほとんどないまま九年が過ぎた。ひとりの女性が職場の奥の部屋でナイフによって乱暴に切りつけられ、その事件は一日で解決した。殺人事件捜査にリズムや理由は存在しない。

逮捕後、時系列記録の記入事項は、事件が捜査から起訴準備に移行するにつれ、少なくなっていった。だが、その記録のひとつの書きこみにバラードは目を留めた。殺人事件後四十八時間経って、クランシー・デヴォーが逮捕されて二十四時間後に記されたものだった。それは完璧を期すためにたんに加えられたなんの変哲もない書きこみだった。殺人事件の二日後、午後七時四十五分、ペッパーズ刑事は、ハリウッド分署の当直巡査部長から、ロジャー・ディロンという名の事件現場清掃人が〈ズートゥ〉事件の追加証拠を発見したことを伝えられた、と記していた。それはナイフの刃の壊れた欠片で、収納部屋の床にあったものだが、被害者から流れ出て、死体のまわりで凝固した血だまりのなかに完全に隠れていたという。その長さ五センチの刃は刑事と鑑識技官に気づかれないままであったらしい。

ペッパーズは時系列記録に、当直巡査部長にパトロール・チームをタトゥ・パーラーに派遣し、その刃をディロンから受け取り、証拠として袋詰めするよう頼んだ、と記していた。ロサンジェルスから車で一時間以上かかるところに住んでいるペッパーズは、翌朝、その証拠を引き取りにいくと言った。

バラードはその時系列記録の書きこみを長いあいだ見つめた。〈ズートゥ〉事件に関するかぎり、それは厳密には本質と関係ないものだった。もしその刃がデヴォー逮捕時に回収された壊れたナイフと合致するなら、刑事たちは容疑者に対するあらたな重要証拠を手に入れたことになる。バラードは事件現場担当チームのその失策とおぼしきものに心を動かされなかった。実際、複雑で血まみれの事件現場で証拠が見過ごされたり、取り残されたりするのは、珍しいことではなかった。溢《あふ》れた血は多くのものを隠しうる。

バラードを止まらせたのは清掃業者だった。たまたま、バラードは今週早々にロジャー・ディロンと会っていた。彼がハリウッド大通りにある家からウォーホルの絵が盗まれているのを発見したときに。いまだにそのときディロンから渡された仕事の名刺を自分のブリーフケースに入れていた。

時系列記録の書きこみは、ディロンがデイジー・クレイトンが姿を消したのとおなじ夜の七時四十五分に壊れた刃について連絡してきたことを記録していた。それはディロンがほんの数時間まえまでハリウッドのサンセット大通りで働いていたことを示していた。バラードは今週早々にディロンの業務用トラックを目にして、そのなかをほんの一瞬見ていたが、ほかの事件現場でも同じような車のなかを見たことがあった。バラードはディロンが清掃用の化学薬品や工具を持っているのを知っていた。また、生物学的に危険な薬品の安全な輸送と廃棄のために使う容器を持っているだろう。

たちまち、バラードは悟った。ロジャー・ディロンを調べなければならない。

45

バラードはシェイク・カードとハスラムの殺人事件調書を保管するため、自分のロッカーにいった。そして、ボッシュがクレイトン事件でまとめはじめたばかりの調書を取りだした。バラードはロッカールームのベンチに腰かけ、調書をひらき、すぐにアメリカン・ストレージ・プロダクツ社が製造したプラスチック容器に関するボッシュの報告書をめくった。ボッシュはそこにデル・ミトルバーグという名の販売責任者と話をしたと記入していた。完璧主義の刑事であるボッシュが、ミトルバーグのオフィスの電話番号と彼の携帯番号を両方とも記していたことに、バラードは嬉しくてベンチから飛び上がらんばかりになった。

午後十時を過ぎていた。バラードは携帯電話にかけたところ、疑わしげなもしもしという声で応答があった。

「ミトルバーグさん？」

「興味ないな」

「こちらは警察です、切らないで下さい」

「警察？」

「ミトルバーグさん、わたしはレネイ・バラードと申します。ロサンジェルス市警の刑事です。あなたはボッシュという名のわたしの同僚と、アメリカン・ストレージ・プロダクツ社が製造した容器のことで最近話をしています。覚えておられますか？」

「二ヵ月もまえのことだぞ」

「そのとおりです。まだその事件を調べているんです」

「いま十時十五分だぞ。なんでそんなに急いでいるんだ、こんなこと――」

「ミトルバーグさん、申し訳ありません。ことは急を要するんです。ボッシュ刑事に、あなたの会社は容器を一部業務店向けに直接販売している、と話しておられます」

「やってるよ、たしかに」

「いまご自宅ですか、ミトルバーグさん？」

「ほかにどこにいるというんだね？」

「ノートパソコンか、その業務店向けの販売を含む販売記録にアクセスする方法はあ

ります か？」

その質問の内容をミトルバーグが考えているあいだ、間が空いた。バラードは息を止めた。今回の事件は、見込みの薄い賭けで一杯だった。そろそろそのうちのひとつが報われてもいい頃合いだった。もしディロンが採算割れギリギリで商売をしているとしたら——ディロンが競合についてなにか言っていたのをバラードは覚えていた——メーカーからの直接仕入れによる値引きを求めるたぐいの人間かもしれなかった。

「記録にアクセスする方法はいくつかある」ようやくミトルバーグは言った。

「社名をつかんでいます」バラードは言った。「そこがASPの顧客だったかどうか、確かめられますか？」

「ちょっと待ってくれ。ホームオフィスにいく」

バラードはミトルバーグがコンピュータのところにいくのを待っていた。彼がだれかと話し合っているくぐもった声が途切れ途切れに聞こえた。いま警察と話をしていて、終わったらすぐに上にいく、と言っていた。

「オーケイ」ミトルバーグが携帯電話に向かって言った。「コンピュータのまえにきた。会社の名前はなんだって？」

「ケミカル・バイオ・サービス」バラードは言った。「ケミカルは、二つにわかれていて――」

「いや、ないな」ミトルバーグは言った。

「ダッシュ付きで綴《つづ》って下さいましたか？」

「CHEMではじまる社名はない」

バラードはガッカリした。ディロンに全額賭けるためにはなにかさらに必要だった。すると、ハリウッド大通りで会った日に目にしたトラックを思いだした。

「オーケイ、CCBサービスを試してみて下さい」バラードは勢いこんで言った。

タイピングの音が聞こえ、やがてミトルバーグの反応があった。

「ああ」ミトルバーグは言った。「二〇〇八年からの顧客だ。ソフト・プラスチックを注文している」

バラードは携帯電話を耳に強く押しつけて立ち上がった。

「どんな種類のソフト・プラスチックですか？」バラードは訊いた。

「収納容器だな。さまざまなサイズの」

バラードはボッシュに彼が自分で買ったASPの容器を渡されたときのことを思いだした。あれはまだシティ・カーのトランクに入っている。

「スナップ式の蓋が付いている百リットル入りの容器も含まれていますか？」

ミトルバーグが記録を確認しているあいだ、間が空いた。

「ああ」ようやくミトルバーグは言った。「そういうのを注文しているな」

「ありがとうございます、ミトルバーグさん」バラードは言った。「うちの人間が、営業時間にご連絡して、フォローアップをします」

バラードは電話を切り、ロッカーに戻った。殺人事件調書を上の棚に置くと、ブリーフケースをあけ、ディロンから渡された名刺の一枚を抜いた。彼の会社の住所はヴァンナイズのサティコイ・ストリートだった。

バラードが当直オフィスに入ると、マンローはまだTV画面を見上げていた。

「なにか新しいニュースは？」バラードは訊いた。

「たいしてない」マンローは言った。「だが、死んだやつらは誘拐事件の参考人だったと言われている。ボッシュの件だろうな。ボッシュから連絡はあったか？」

「まだありません。わたしは趣味の事件がらみで事情聴取に出かけます。点呼には戻っていないかもしれません」

バラードは一瞬画面を見つめた。おなじレポーターがあらたなライブ中継をしていた。

「もしボッシュがここに現れたなら、これを渡していただけませんか？　これがどういう意味か彼ならわかるはずです」

バラードはディロンの名前と会社の住所が記されている名刺をマンローに手渡した。マンローはそれを興味なさそうに見て、シャツ・ポケットのひとつに入れた。

「そうしよう」マンローは言った。「だが、連絡は絶やさぬようにな、バラード、いいな？　どこにいるのか知らせてくれ」

「了解です、警部補」

「それからもし出動要請がかかったら、趣味の事件を棚に置いて、駆けつけてくれ」

「了解です」

バラードは刑事部屋にまた引き返し、充電ステーションからローヴァーと、シティ・カーの鍵をつかんだ。通用口のドアから駐車場に出た。

バラードはロウレル・キャニオン大通りを通って、山を越え、ヴァレー地区に降りていった。午前零時近くになってサティコイ・ストリートに到着し、ヴァンナイズ空港近くの、倉庫や駐機場が建ち並ぶ工業地帯へ入った。

ケミーカル・バイオ・サービスは、サティコイ産業センターと呼ばれている倉庫パークのなかにあり、製造メーカーやサービス業者が二軒続き二階建て倉庫に入って隣り合って並んでいた。バラードは中央のレーンに車を走らせ、ディロンの会社を通り過ぎ、工業パークの反対側に出た。こんな遅い時間だと、営業している会社はひとつもないようだった。バラードは側道にパーキングを見つけ、歩いて戻った。

ディロンは自分の倉庫に小さな看板しか出していなかった。徒歩にせよ、車にせよ通りかかる客を引き寄せるたぐいの商売ではなかった。インターネット検索や同じような業界にいるプロフェッショナル――刑事や検屍官《けんしかん》や鑑識の専門家――からの推薦を通して見つけだすたぐいのサービスを提供していた。看板はふたつ並んでいる車庫の扉の一方の扉に付いていた。建物は独立していたが、両隣でまったくおなじ形をした建物と幅六十センチほどしか離れていなかった。

バラードは扉をノックした。なんらかの反応が返ってくるとは予想していなかったが。後退し、アクセス道路の前後を見て、中空の金属をノックしたことでなんらかの関心を惹《ひ》き起《お》こしたかどうか確認した。

惹き起こしてはいなかった。

バラードはCCBと北隣の建物とのあいだの細い道に近づいた。なんの看板もほかの識別するものも付いていない建物だ。その路地は、そのように分類されるほどの幅があるかどうかはともかく、明かりは点《つ》いていなかった。バラードはそのスペースに懐中電灯の光を向け、ゴミが点在しているにしろ、通行可能だと見て取った。およそ二十五メートルはあるだろうと見積もった路地の突き当たりにはゲートもそれ以外の障害物もなかった。

バラードは恐る恐るその細い開口部に片脚を突っこんだ。CCBから出たものと想像するしかない、古くて埃《ほこり》まみれのマスクの山を蹴飛ばす。

もう一歩進むと、もはやためらうことなくバラードは先に進んだ。すばやくその通路を移動し、先にあるひらけたところを目指した。両側はコンクリート・ブロックの壁になっていた。壁が主人公に迫ってくる古い映画のギャグを思いだして、つい目まいを起こしてしまい、壁の片方に手をついて、体を支え、バランスを保たなければならなかった。

狭い開口部をまろぶように出て、裏の路地に入り、両手を膝に置いて、体を折り、目まいが治まるのを待った。目まいが治まると、背を伸ばしてまわりを見まわした。これまで見たなかでもっとも綺麗な路地だった。なにかの破片はなく、ゴミもなく、古い車両やほかのなにかの間に合わせの保管場所もない。各建物が、コンクリートの囲いのなかで固定され、きちんと整理され、蓋を閉じられたゴミ容器を備えていた。バラードはCCBの裏にあるゴミ容器をあけ、くしゃくしゃに丸められたテイクアウトの袋といくつかの空のコーヒーカップを除いて、なにも入っていないことを確認した。事件現場の清掃で使った血まみれのモップのヘッドやほかの残骸があるかと思っていたが、そのようなものはそこにはなにもなかった。

ＣＣＢとペンキで書かれているだけの一枚物の裏口のドアがあった。バラードはドアを試してみたが、デッドボルト錠がかかっていた。とにかく、適正な注意義務を履行するためそのドアもノックしてみたが、返事はないという確信があった。建物のあいだの狭い通路を引き返しながら、バラードは夜空の狭い断片目がけて壁を照らした。ルーフラインはおよそ六メートルの高さだった。倉庫には窓がなかったため、換気だけではなく自然光を取り入れるため、屋根に天窓が付いている可能性が大きい、とバラードはわかった。

バラードは懐中電灯の末端を口にくわえ、自分があいだに立っているふたつの建物のそれぞれの壁に手を押し当てた。それから左足を上げ、片方の壁を探り、ふたつのコンクリート・ブロックを接着させているモルタルの線に浅い足がかりを求めた。両手を壁に押し当て、コンクリート・ブロックの上のほうの端をつかみ、自分の体を持ち上げて、右足を反対側の壁に押しつけた、足がかりが見つかるまで足で探った。徒歩で行動することが多いプロに好まれているゴム底のワークシューズを履いていた。

それはスタイルよりも履き心地で選ばれているもので、ゴム底はモルタルの線の端をしっかりつかんだ。

バラードはふたつの建物のあいだの通路の壁をゆっくりとのぼりはじめた。体重を移動させ、落下をふせぎながら。その登攀《とうはん》はゆっくりとしたもので、まったく未知のものに向かっていたが、バラードは突き進み、工業パークの進入路に一台の車がやってくる音が聞こえたときだけいったん停止した。すばやく口から懐中電灯を外し、スイッチを切った。登攀のなかほどまで来ており、じっとしている以外なにもできなかった。

進入路に入ってきた車は通路のまえを止まらずに通過した。バラードは一拍待ってから、懐中電灯をふたたび点け、登攀を再開した。

一番上にたどり着くのに十分かかったが、バラードはCCBの屋根のパラペットに腕を引っかけ、慎重に体を引き上げて、砂利敷きの陸屋根《ろくやね》に乗った。バラードは一分近く仰向けに横になり、息を整え、暗い空を見上げていた。

横に転がり、起き上がる。服の汚れを払いながら、またしてもスーツを一着だめにしたのがわかった。パートナーが戻ってき次第、月曜日と火曜日を連休にしようと考えていた。その二日で溜まった洗濯物を片づけるつもりだった。

バラードはまわりを見て、屋根に天窓がひとつついているという考えは誤りだったとわかった。実際には天窓は四つあった――それぞれの車庫区画の上にふたつ付いていた――月明かりを浴びてプラスチック製のドーム型天窓が輝いていた。また、ルーフラインから二メートル弱延びている鋼鉄製の排気煙突もあった。吐きだし口の筒は、煙とクレオソートでべっとり黒くなっていた。

バラードは次から次へと移動して、懐中電灯を当てて天窓を仔細《しさい》に調べた。屋根の一部を覆う淀《よど》んだ水たまりを避けながら。下のＣＣＢ倉庫内部には明かりは灯っていなかったが、それはどうでもよかった。懐中電灯での視認性は限られたものだった。かつては透明だったプラスチック製ドームは、いずれも内側から白いペンキをでためらに噴霧されたかのようだった。

これはバラードには興味深かった。それはだれかが上から下での活動を見るのを防ぐ目的でおこなわれた行動のように思えた。だが、このあたりに天窓からの眺めが見られるような、ここより背の高い建物はなかった。バラードは、今週のはじめにストリップ・クラブの天窓から裸の女性の姿を覗き見しようとした少年たちのことを考えた。ここで、天窓のプライバシーを守ろうとする試みは、意味がないように思えた。

それぞれの天窓は、一方の端に蝶番《ちょうつがい》がついており、内部から開閉可能なようだった。ここが決断を要する時だった。バラードはすでに私有地に無断で侵入していたが、さらに得られるものがあれば、重大な一線も越えてしまうつもりだった。以前にも越えた線だった。

直接の証拠はなにも持っていなかったが、数多くの状況的事実がディロンに針を向けていた。この事件現場清掃業者が、デイジー・クレイトンの拉致された夜に、ヴァンと化学薬品とクレンザーとともにハリウッドにいたという事実をバラードはつかんでいた。それに、被害者の体に痕を残していたのとおなじブランドマークが付いていて、死体を保管し、漂白するのに使用できるサイズの収納容器をディロンが発注していた事実もつかんでいた。殺害の状況は、法執行機関についてある程度知っていて、極端なレベルまで死体の潜在的証拠を除去する努力をした殺人犯を指していた。

頼りとする仲間であるウィックワイア判事に電話し、こうしたことを並べ立てて、相当の理由を手に入れようと努めることができるのはわかっていた。だが、心のなかで、「レネイ、相当の理由があるとは思えない」という判事の声が聞こえた。だが、バラードは自分が真犯人に行き当たったと思っていた。これを先まで進め、振り返るまいと決心した。ポケットに手を伸ばし、ゴム手袋を取りだす。それから天窓を調べはじめた。

ドーム型天窓はそれぞれ鍵がかかっていたが、そのなかのひとつは枠が弛《ゆる》んでいる気がした。バラードは奥の縁のまわりに溜まった水に足を踏みこんでそれを揺さぶってみた。湿気は天窓の蝶番に腐食の魔法を効かせていた。

バラードは口に懐中電灯をくわえ、両手を枠に伸ばした。引っ張り上げると、蝶番のネジが外れ、易々《やすやす》と枠の下にある濡れた漆喰《しっくい》の接合面から外れた。バラードは丸いドームの表面が逆さまになって水に落ちるまで天窓を押し上げた。

バラードは懐中電灯の明かりを下に向け、開口部の真下の車庫区画に停められているボックストラックの平たい白い屋根を見た。

バラードはそこまでの距離は、開口部から二・五メートルほどだろうと見積もった。

46

バラードは屋根の開口部から自分の体を下げ、一瞬、両手でぶら下がってから離し、トラックの屋根に落ちた。屋根に着地してバランスを崩し、仰向けに倒れ、一瞬息が止まり、トラックの屋根をへこませた。

数秒間、じっと横になって恢復《かいふく》してから、バラードはトラックの正面のほうに這い進み、運転席の上に滑り降り、サイドミラーとドアのハンドルを足がかりと手がかりにして側面から降りた。

いったんコンクリートの床に足が着くと、バラードは倉庫の扉をチェックして、必要な場合の即座の脱出路があるかどうかを確かめた。だが、前方の扉も後方の扉もデッドボルト錠がかかっていて、あけるには内側から鍵が必要だった。

懐中電灯を手に、バラードは正面扉の横に、車庫の扉の開閉スイッチとおぼしきものがついているパネルを見つけたが、扉同様、スイッチも操作するには鍵が必要だった。天窓まで上がって、抜けだす方法か、あるいはどうにかして扉を破る方法を見つけねばならないことをバラードは悟った。どちらもいい選択肢とは思えない。

車庫扉のパネルの下に、照明スイッチの列があり、これは鍵で制御するものではなかった。バラードがスイッチを入れると、頭上の二列の蛍光灯が灯り、明るく倉庫内を照らした。バラードはその場にしばらく立って、その場所のレイアウトをじっくり把握した。隣りあったふたつの駐車区画が倉庫の前半分を占めている一方、うしろ半分は、消耗品の収納と、カウチが置かれている小さなオフィスエリアになっていた。オフィスの反対側の角には事件現場で回収した生物学的危険物を燃やすための焼却炉があった。

駐車区画のひとつは空だったが、床には新しいオイル染みがあり、通常はトラックが停まっているのだろう。もうひとつの区画にバックで入って停まっているトラックは、今週のはじめにディロンと会ったときに目にしたトラックではない、とバラードはわかっていた。塗装が違う色であり、運転席側のサイドドアには、会社のフルネームが記され、側面のパネルには大きなＣＣＢの文字はなかった。このトラックのほうが古く、タイヤの空気は抜けていた。使われなくなってここにずっと置かれているようだった。二十四時間三百六十五日営業するため、二台のトラックと四名の従業員がいるとディロンが言ったのは、嘘のようだ。ひとりで仕事をしているようだった。

そうしたことからバラードはディロンがいま使用しているトラックがどこか外にあると判断するにいたった。仕事に出ていて、いつなんどき倉庫に戻ってくるのか、あるいはたんに仕事のトラックを夜間は自宅に置いているのか、バラードにはわからなかった。バイオハザードの危険があるトラックを近所に置いていて近隣住民とうまくやっていけるようにはバラードには思えなかった。だが、倉庫の付近に駐車している、ディロンの車かもしれない乗用車はいっさい見かけていなかった。

バラードはすばやく捜索を済ませてしまおうと判断し、倉庫の奥の扉近くの壁際に置かれた机を調べることからはじめた。バラードは、ディロンとトラックの現在地についてなんらかの考えを与えてくれるかもしれない仕事に関する情報や書きこみを探した。だが、なにも見つからず、今度は机のファイル用引き出しをあけ、アメリカン・ストレージ・プロダクツ社からの備品購入に関する過去の記録の有無を確かめようとした。

引き出しには鍵がかかっており、それで机の捜索は終わらざるをえなかった。

倉庫は整理整頓が行き届いていた。焼却炉と反対側の壁には、大きなプラスチック製の樽形容器があり、掃除用の液体や、消毒液が入っており、個々の仕事に使えるよう比較的小さな容器に注ぎこむための手動ポンプがあった。空のプラスチック容器がうずたかく積みあげられた棚があった。バラードはそれらの容器の大きさと、デイジー・クレイトンの体に痕を残したＡＳＰのロゴの有無を確認したが、彼女の遺体を収められるほど大きなものはなく、そのロゴが付いているものもなかった。ミトルバーグに、彼が見ていたコンピュータで、ＣＣＢからの注文がいつからいつまでだったか訊ねるのを忘れていたことに気づいた。

シャワー付きの小さなバスルームがあり、最近掃除されたようだった。薬戸棚をあけてみたところ、棚にはありふれた応急処置の品が並んでいた。

バスルームの隣には、クローゼットがあり、バラードは白いジャンプスーツが数着ハンガーにかかっているのを見た。それぞれの左の胸ポケットにはＣＣＢの文字が刺《し》繡《しゅう》され、右の胸ポケットにはロジャーの名が刺繡されていて、四名の従業員を使っているというディロンの主張が自分を大きく見せるための嘘であるさらなる証拠になっていた。

バラードはクローゼットを閉め、焼却炉に歩み寄った。四角い独立型の装置で、ステンレススチール製のサイディングがついており、排気管が屋根までまっすぐ延びていた。正面は両開きの扉になっており、そのまえには色味を合わせたステンレススチール製の準備テーブルが置かれていた。

バラードが燃焼室の扉の一枚をあけてみたところ、反対側の扉も自動的にあいた。懐中電灯の光線をなかに向けてみると、反射光が鋭く返ってきた。燃焼室の内側のパネルは、綺麗で、ピカピカに光っており、火格子の下にある灰落としは最後に使用されたあとで掃除機をかけられたようだった。焼却炉は新品のように見えた。奥の隅でガスの種火が青く燃えているのが見えた。

バラードは焼却炉の扉を閉め、振り向いた。焼却炉の掃除をするのに用いられたはずの業務用掃除機あるいはどんな種類の掃除機も見当たらなかった。すると、今週早々にディロンが仕事現場で運転していたトラックのなかで見た装置を思いだし、彼は水洗い式掃除機と乾式掃除機の両方を運んでいる模様だった。

そのことを思うと、第二の区画に停められているトラックにバラードの注意が向いた。そこは最後に捜索する場所だった。トラックはうしろ向きに倉庫に入っていた。

バラードは後部コンパートメントの両開きのドアを見つめた。

次にバラードがチェックしたのは、ライセンス・プレートだった。登録ステッカーは二年まえに失効していた。このトラックがＣＣＢの現役艦隊の一部でないのは明らかだった。

　バラードは上方と下方のロッキング・ピンを外すハンドルを引っ張り、一枚のドアを引っ張ってあけた。一歩退いて、ドアを横にひらき、そのトラックは車としては使用されなくなっているが、収納庫としては使われているかもしれない、とバラードは思った。掃除用の備品や汚染防止用の備品が大量に収納されていた。二十四本入りのペーパータオルの塔があり、二十リットル入りの液状石鹸《せっけん》容器があり、新品のモップが一杯詰まっているゴミ籠があり、ビニールでくるまれたエアゾール・クリーナーと消臭スプレーの箱があった。内部の片側にもたれかかっているのは、分厚く重ねられた段ボールで、使用時には広げて折って箱型にしなければならないものだった。

　それは本質的に備品でできた壁であり、トラックの奥を見ようとするバラードの視界を遮っていた。扉のすぐ内側に取り付けられた取っ手があった。バラードはそれをつかむと、トラックの後部バンパーをステップ代わりにして、自分を引き上げた。トラックの内部には蛍光灯の光は入ってこなかった。バラードは自分の懐中電灯を使って、影を切り裂き、さらに奥を覗いた。備品はブラインドとしてのみトラックの後方に積まれていたのだとバラードはすぐに悟った。その向こうにひらけた空間があった。バラードはゴミ籠とモップを押しやり、道をあけてトラックの奥へ進んで、なかを見た。

トラックの荷台の床には古い料理の包み紙やナプキンやファストフードの袋が薄いマットレスのまわりに散らばっていた。マットレスは折りたたみ式寝床から取ってきたもののようだった。汚れた毛布と枕がマットレスの上にてんでんばらばらに投げだされていて、電池式のランタンが床に置かれていた。バラードは足で毛布を動かし、トラックの床にボルト留めされているループ状の金具をあらわにした。しゃがんで、それをじっくり見る。金具の内側には引っ掻き傷があった。手錠かチェーンでマットレスに人をくりつけるために使われているものだとわかっていた。トラックのこのあたりでかすかに酸っぱいにおいがしているのに気づく。だれかが最近この場所を住《す》み処《か》としていたのだとバラードに告げた。

ふいにバラードはそのにおいが恐怖のにおいであることを悟った。自分自身以前に認識したことがあった。それを追跡する訓練を受けた犬の話を聞いたことがあった。バラードはだれかが震え戦き、命の危険を感じていた場所に自分はいるのだと知った。

マットレスの隣にあるなにかを目がとらえ、バラードはさらに身を低くして、それを見た。接近して見たところ、それがピンク色に塗られた指の爪が割れた欠片だとわかった。

トラックが突然揺れはじめ、鋭い金属音が倉庫を包んだ。バラードは最初地震だと思ったが、すぐにアルミの車庫扉のひとつが巻き上がる音だと認識した。だれかがなかに入ろうとしていた。

バラードは懐中電灯を切り、銃を抜くと、すぐにトラックから降りようと考えた。だが、そうすると広いスペースに出て、自分の身をさらしてしまうことになる。バラードはその場に留まり、耳を澄ました。トラックのエンジンの甲高いアイドリング音を聞いたが、なんの動きもなかった。すると、エンジンが回転速度を上げ、一台の車が車庫に入ってきた。バラードはそれが自分の隣の区画だと判断したあと、エンジンが切れた。

またしても数秒間、沈黙だけが降りた。バラードの耳にはだれかが運転席から降りようとしている音さえ聞こえなかった。すると車庫の扉が徐々に動く音がまたしはじめた。今度は扉は下がっていった。

バラードは懸命に耳を澄ました。この時点で、耳が唯一の道具だった。

トラックを運転していたのはディロンだとバラードは推測せざるをえなかった。彼がやってきて気づいたことを頭のなかで三つリストにした。倉庫の照明が灯っている。使っていないトラックのうしろのドアがあいている。天窓がひとつなくなっている。ディロンはその三つに気づき、侵入行為があったとわかっている、とバラードは推測せざるをえなかった。ディロンが侵入者が入ってきて、出ていったと考えるかどうかを確かめねばならない。もし彼が911番に通報したら、バラードは自分がおそらく逮捕され、警察官としてのキャリアは終わるだろうとわかっていた。もし通報しない選択をしたなら、この場所で起こったいろんな事柄のせいで警察に来てもらいたくないと思っていることが確認されるだろう。バラードの脳裏にあの焼却炉が思い浮かんだ。あの排気管は使用によって屋根の上でべっとり黒くなっているのに、燃焼室は塵《ちり》ひとつなく綺麗にされ、掃除機をかけられていた。

バラードは床の上の薄いマットレスを見おろした。この暗い部屋にいて、薄い毛布の下で震えていたのがだれなのか、自分が知る機会はあるだろうか、とバラードは思った。脱出ルートを見つけようとして爪を割ったのはだれなのか。ディロンに対する怒りが引き返せない地点まで大きくなりはじめた。自分のなかに抱えていると知っている殺戮の場のある地点まで。

バラードはもう一台のトラックのドアがあき、そこに乗っていた人間が出てきて、コンクリートの床に足を下ろす音を耳にした。倉庫のなかのバラードの視野は、唯一、自分が入っているトラックのうしろにあるあいたドアから見えるものだけで、その先のスペースは狭い角度しか見えなかった。バラードは待ち、耳をそばだて、ディロンの足音と動く音を聞き取ろうとしたが、なにも聞こえなかった。

突然、バラードが隠れているトラックのバックドアが叩き閉められ、バラードを暗闇に叩きこんだ。外側でハンドルが回される音と、ドアの上と下のロッキング・ピンがピシャリとはめられる音が聞こえた。バラードは閉じこめられた。バラードは片手に銃を握り、反対の手で懐中電灯を握っていたが、聴覚をいっそう鋭くするのに役立つかもしれないと考えて、暗闇のなかに留まることを選んだ。

「オーケイ、おまえがそこにいるのは知ってる。おまえは何者だ？」

バラードは凍りついた。ディロンとは一度しか話をしたことがないが、ディロンの声だとわかった。

バラードはいっさい返事をしなかった。

「綺麗にうちの天窓を破ってくれたようだな。頭に来るぜ、あれを直す金がないんだ」

バラードは携帯電話を取りだし、画面を確認した。基本的にコンクリートの箱のなかにある金属の箱にバラードは入っており、電波は届いていなかった。また、署から持ってきたローヴァーは二ブロック離れた車のモバイル充電器に鎮座していた。

ディロンはドアを叩きはじめた。金属と金属がぶつかる鋭い音がする。

「さあ、おれと話そうぜ。ひょっとしたらおまえは損害賠償をすることに同意してくれて、おれは警察に通報しないことになるかもしれない。そういうのはどうだ？」

バラードはディロンが警察に通報するはずがないとわかっていた。トラックのなかでバラードが発見したものがある以上、それはない。いまの提案を自分に都合のいいよう利用する必要があった。バラードはトラックのバックドアに向かって動きはじめた。銃を持っている。たいていの不法侵入者は火器を所持していない。なぜなら所持していれば捕まった場合に刑務所で過ごす時間が増えるからだ。ディロンはバラードが銃を持っているとは予期していないだろう。

バラードはディロンがふたたびドアを叩いたとき、驚いた。

「いまの音が聞こえたか？　おれは銃を持っている。ふざけてなんかいないぞ。おれが見えるところに両手を上げて出てくる用意をすると、おれに誓え！」

それは事態を変化させた。バラードは進むのをやめ、ゆっくりと床に這い蹲《つくば》った。ディロンがトラックの薄いスチールの壁越しに発砲をはじめた場合に備える。バラードは武器を両手で握り、銃撃の出所を概算して、撃ち返す用意をした。

「オーケイ、クソッタレ。これからドアをあけて、撃ちはじめる。これは正当防衛だ。おれには警官の知り合いがおおぜいおり、彼らはおれの言うことを信じてくれるだろう。おまえは死んで、おれは――」

トラックのバックドアに大きなドンッという音が聞こえた――今度は、金属と金属がぶつかる音ではなかった――そして、ディロンは脅迫の言葉を言い終えなかった。それにつづいて、金属がコンクリートの上を転がる音がした。バラードはディロンの銃が床を転がっていく音だろうと推測した。この時点で、外に第二の人物がいるのをバラードは知った。

トラックのバックドアのハンドルがまわり、上部と下部のロックが外された。ドアがひらき、箱の内側に明かりが降り注いだ。バラードは低くうずくまった姿勢で、ゴミ箱とモップを遮蔽物にしていた。彼女は銃を持ち上げ、発砲姿勢を取った。

「レネイ、そこにいるのか？　オールクリアだ」

ボッシュだった。

BOSCH

47

ボッシュはバラードに手を貸して、トラックのうしろの荷台から地面に降ろした。自分の銃で殴った男はまだ床に倒れ、意識を失っていた。バラードはトラックを降りてから男を見た。

「こいつがディロンか?」ボッシュが訊いた。

「やつよ」バラードが答える。

バラードは体の向きを変え、ボッシュを見た。

「どうやってわたしを見つけたの?」バラードは訊いた。「てっきりあなたはSISの現場にいると思っていた」

「いたよ。だけど、きみと仕事をする予定があったので抜けてきたんだ」ボッシュは言った。「だが、ハリウッド分署に到着すると、きみはいなかった。マネーと話をしたところ、きみが置いていった名刺を渡されたんだ」

ボッシュは床に倒れている男を指さした。

「ここに車を停めたところ、こいつが車庫をあけようとしていた。車をなかに入れるまえにためらい、あたりをうかがっている様子を見て、なにか変だとわかった。きみがなかにいるんだろうと推測した。おれはこいつが扉を降ろすまえに、こっそりこいつのトラックのうしろに忍び寄ったんだ」

「まあ、これでおあいこね。わたしを救ってくれた」

「きみは複数の武器を持っていただろ。自分で解決できたんじゃないかな」

「それはどうだかわからない」

「おれにはわかる。〝複数の武器〟といま言ったのは、きみの銃だけじゃないという意味だ。きみがなにをできるのか、おれにはわかる」

ボッシュはディロンの体を見おろした。まだ意識を失っていて、床にうつぶせで倒れている。

「手錠を持ってないんだ」ボッシュが言った。

「わたしが持っている」バラードは言った。

バラードはまえに進み出て、ベルトのうしろから手錠を外した。

「ちょっと待ってくれ」ボッシュは言った。

ボッシュは備品が置いてある棚に向かい、途中でディロンの銃を拾い上げて自分のベルトに差しこんだ。それからダクトテープのロールを一本手に取って、戻ってきた。

「手錠は使わずにいろ」ボッシュは言った。「こういうふうにやろう」

「どうして?」バラードは訊いた。「わたしたちは、この件を通報しないと」

「わ、わ、わたしたち? きみは入らない。きみはここから出るんだ。おれが対処する」

「だめよ。わたしがしたことの罪をあなたに被せたりしないわ。もしだれかが馘首《くび》になるとしたら、それはわたしになるはず」

ボッシュはダクトテープでディロンの手首、ついで足を縛りながら話した。

「おれを馘首にはできない。おれは仕事を持っていない、覚えているだろ? きみはいますぐここからいなくなって、全部おれに任せるべきだ」

「証拠はどうなるの? このトラックにはマットレスと食べ物の包み紙がある。わたしはピンク色の指の爪を見つけた。こいつはデイジー・クレイトンでやめなかったのよ」

「わかってる。だんだん巧妙になっただけさ」

ボッシュは肩越しに焼却炉を見てからバラードを見上げた。

「賭けてもいいが、こいつは当時――デイジーを相手にしたときは――この場所を持っていなかったはずだ」ボッシュは言った。「あるいはその焼却炉は」

バラードは暗澹《あんたん》たる思いでうなずいた。

「何人いたんだろう」バラードは言った。

ボッシュはダクトテープを何本か切り取って、ディロンの口と目に貼った。

「きみがここから出ていったらすぐその証拠を探してみるつもりだ」ボッシュは言った。

「ハリー……」バラードは言った。

「いけ。分署に戻り、マネーにおれが立ち寄ったかどうか訊ねろ。おれには会っていないと言うんだ」

「ほんとにそれで大丈夫？」

「大丈夫だ。唯一の方法がそれだ。全部用意できたら、おれはヴァンナイズ分署に通報する。なにかあったらすぐ連絡する。きみには跳ね返りはない。もしだれかに腹を立ててるとしたら、それはおれになるし、おれがこいつをオーディオテープもひっくるめて一式揃えて差しだすとしたら、その点を真剣に考えなくてはならないだろう」

「なんのテープ？」

「おれは自分の車にテープレコーダーを置いているんだ」

ディロンが突然うめいて、体を震わせた。意識を恢復しかけており、自分の置かれている状況を理解しはじめていた。口を塞いでいるテープ越しになにか叫ぼうとしていた。

ボッシュはバラードを見て、口に指を当てて、黙るように伝え、その指を空中でクルクルまわした。彼女が出ていく時だった。

バラードは倉庫の正面にある鍵のかかっている扉を指さし、鍵で錠をあける仕草をした。ボッシュはうなずき、ディロンの体の横に身をかがめた。鍵を探して、ディロンのポケットを探りはじめる。ディロンは声高に逆らい、ダクトテープ越しに意味の通じない言葉を叫んだ。

「すまんな、相棒」ボッシュは言った。「武器やほかの悪いものがないかポケットを調べているだけだ」

ボッシュは鍵束を抜き取り、バラードについてくるよう合図し、扉の鍵をあけると、彼女を外に連れだした。並んでいるほかの倉庫のひとつの正面に停めていた自分の車を見る。静かにバラードに話しかけた。

「おれが車をここに持ってきて、手袋とレコーダーを取ってくるあいだ、やつから目を離さないでくれ。扉のそばのここにいてくれ」

「そうする」バラードはささやいた。

ボッシュは歩いていく。バラードは彼を呼び止めた。

「ハリー」

ボッシュはバラードを振り返った。

「ありがとう」

「それはさっき聞いたぞ」

「さっきのはそのまえのことに対して。いまのは重荷を引き受けてくれたことに対してのお礼」

「なんの重荷だ？　おれにはそよ風みたいなものだ」

ボッシュは自分の車に向かった。バラードは彼が歩いていくのを見つめた。

48

ボッシュはロジャー・ディロンとふたりきりになった。洗浄溶剤が満杯になっている大きな樽のひとつにディロンを寄りかからせた。むりやり捕虜の口からテープを剥ぎ取り、苦痛とそれにつづく呪詛《じゅそ》の大きな叫びを誘発した。目は覆ったままにしておいた。

テープを剝がすまえにボッシュは倉庫内を動きまわり、この訊問《じんもん》の用意をし、計画を立てていた。机から椅子を一脚引っ張ってきて、ディロンの真正面一・五メートルのところに置いた。ディロンの足首をまとめて縛っていたテープを切り、彼の両脚をコンクリートの床の上で広げさせた。

ボッシュは椅子の両側の床に金属製のモップバケツ二個を置いた。片方のバケツには深さ五センチまで水を入れた。もう一方のバケツには、収納棚で見つけた壜入り硫酸の中身を注いだ。

それからボッシュはディロンのまえに座った。

「いま起きているかい？」ボッシュは訊いた。

「いったいこれはなんだ？」ディロンは答えた。「あんたは何者だ？」

「おれがだれかはどうでもいい。デイジー・クレイトンについて話せ」

「あんたが言っているのがなんのことなのか、だれのことなのかわからん。いますぐおれを自由にしろ」

「いや知ってるさ。九年まえだろ？　サンセット大通りでおまえが酒屋のまえで拉致った未成年の娼婦のことを？　彼女はおまえの最初の獲物だったはずだ、とおれは考えている。あるいは最初の獲物のひとりだったと。おまえがこの一式を整えるまえ、どこでどうやって死体を処理できるのか心配しなきゃならなかった当時のことだ」

ディロンが一瞬黙りこみ、ボッシュは自分がストライクを投じたとわかった。

「あたまがおかしいんじゃないか。刑務所に入ることになるぞ」ディロンは言った。

「こうしたことは全部——違法だ。おれがなにを言ったって関係ない。おれはケネディを殺し、２パックを殺し、ビギー・スモールズを殺した真犯人だと言ったところで、どうでもいい。これはすべて違法な捜索と拘束だ。おれは警官ですらないけど、それはわかる。だから、通報するがいい、クソ野郎。さっさとこいつを終わらせようぜ」

ボッシュはデスクチェアに背をもたせかけた。椅子はきしみを上げた。

「いまの話の前提にひとつ問題がある」ボッシュは言った。「おれは警官じゃない。おれはここに通報するためにいるんじゃない。おれはデイジー・クレイトンのためにいるんだ。それだけだ」

「戯言を」ディロンが言った。「おれにはわかる。あんたは警官だ」

「デイジーのことを話せ」

「なにも話すことはない。その女をおれは知らない」

「あの夜、おまえが彼女を拉致ったんだ。おまえが連れていった」

「なんとでも言うがいいさ。弁護士を呼んでくれ」

「ここには弁護士は来ない。そんな段階は過ぎた」

「だったら、やらなきゃならないことをすればいいぜ、兄弟。おれは一言もしゃべらんぞ」

椅子をきしらせながら、ボッシュは硫酸が入っているバケツに手を伸ばした。慎重に持ち上げ、ディロンの広げた脚と脚のあいだに移動させた。

「なにをする気だ？」ディロンは訊いた。

ボッシュはなにも言わなかった。酸から立ち上る蒸気が物語った。

「それは硫酸じゃないのか？」ディロンは訊いた。声に焦りが表れていた。「においでわかる。いったいなにをする気だ？」

「なにか問題があるか、ロジャー？」ボッシュは言った。「おまえの話だとおれは警官なんだろ？　おまえを傷つけるようなことをなにもするわけがない。違法であれば、なにもしない」

「わかった、オーケイ、信じるよ。あんたは警官じゃない。そいつをおれに近づけないでくれ。そんなもので遊んだりしないよな。蒸気だけで――待った。それをなにに入れたんだ？　金属でも腐食させちまうんだぞ。それがわかっているんだろうな？」

「だったら、あまり時間がないだろうな。デイジー・クレイトンだ。彼女のことを話せ」

「言っただろうが――」

ディロンは突然言い争うのをやめ、叫びだした。「**助けてくれ！**」声をかぎりに叫ぶ。ボッシュはなにもしなかった。二十秒が経ち、ディロンはその努力が無駄だと知って、叫ぶのをやめた。

「皮肉だな？」ボッシュは言った。「おまえはだれも脱出できず、だれかの助けを呼ぶ声をだれも聞こえないようにこの場所を設計して、建てたんだ。そして、いま……こういう次第になっている。どうぞ、叫びつづけろ」

「なあ、頼む、すまん」ディロンは言った。「あんたを怒らせたのならすまない。もしおれがなにかをしたのであれば――」

ボッシュは片足を伸ばして、バケツをディロンの股間に向かって十センチほど近づけた。ディロンはうしろに反り返ろうとしたが、体を持っていく余地がなかった。顔を右に向けた。

「お願いだ」ディロンは言った。「その蒸気が。おれの肺に入ろうとしている」

「かつて新聞である記事を読んだ」ボッシュは言った。「両手に硫酸をこぼしてしまった男の記事だ。急いで水道の蛇口の下に手を持っていき洗い流そうとしたところ、痛みがいっそう激しくなるばかりだったという。水は苦痛を倍以上にするそうだ。だが、硫酸を洗い流さないと、皮膚を食い破ってしまうらしい」

「なんてこった」ディロンは言った。「あんたはなにが望みだ？」

「おれがなにを望んでいるのかわかっているはずだ。話を聞きたい。デイジー・クレイトンの。二〇〇九年。その話をしろ」

ディロンは蒸気から顔を背けつづけた。

立てた。

「遠ざけてくれ！」ディロンは叫んだ。「肺が焼けてしまう」

「二〇〇九年だ」ボッシュはそう言って、椅子の背にもたれ、椅子がまたきしむ音を立てた。

「なあ、なにが欲しいんだ？」ディロンは言った。「おれがやったと言わせたいんだろ？　けっこう、おれがやった。なんであれ、おれがやったんだ。だから、警官を呼んでくれ。あんたは警官じゃないとわかっているが、警官を呼ぼうじゃないか、おれは自分がやったと連中に言うから。約束する。連中に話をする。おれがほかのやつらもやったと話す。あんたの好きなだけたくさんの数をあげる。全部おれがやったと話す」

ボッシュはポケットに手を伸ばし、車から取ってきたミニレコーダーをまさぐった。

「ほかには何人だ？」ボッシュは訊いた。「彼らの名前を言え」

ボッシュは録音ボタンを押した。

ディロンは首を横に振り、バケツから顔を逸らしつづけた。

「ジーザス」ディロンは言った。「これはクレージーだ」

ボッシュはマイクロフォンに親指をかぶせた。

「名前を言うんだ、ディロン。ここから出たいんだろ、おれに警官を呼んでほしいんだろ、だったら名前を言え。名前を教えないなら、おまえを信用できない」

ボッシュはマイクをオンにした。

「頼む、逃がしてくれ」ディロンは言った。「だれにもこのことは話さない。忘れたことにする。だから、逃がしてくれ。お願いだ」

ボッシュはバケツを足でもう一押しした。もうディロンのジーンズの内腿の縫い目にバケツは触れていた。ボッシュはふたたびマイクを覆った。口をひらくときはかならず覆った。

「最後のチャンスだ、ロジャー」ボッシュは言った。「おまえが話をはじめるか、おれが出ていくかだ。バケツはそのままにしておく。ひょっとしたら焼き切れてしまうかもしれないし、しないかもしれない」

「よせ、そんなことはしないでくれ」ディロンは言った。「お願いだ。おれはなにもやってない！」

「だが、ほかのやつらもやったといま言ったじゃないか。どっちがほんとだ？」

「わかった、なんでもいいさ。おれがやつらを殺した。全員殺したんだ、それでいいか？」

「名前を言うんだ。ひとりの名前でいい。それで信じられる」

「そのデイジーという女の子だ。彼女だ」

「だめだ、その名前はおれが話した。ほかの名前を言わねばならない」

「おれはだれの名前も知らないんだ！」

「だったら、非常に残念だな」

　ボッシュは立ち去ろうとしているかのように立ち上がった。椅子がきしみを上げ、ボッシュの意図を強調した。

「サラ・ベンダー！」

　ボッシュは立ったままじっとした。その名前にかすかに聞き覚えがあったものの、はっきりとどこで聞いたのかはわからなかった。ボッシュはマイクに親指を置いた。

「何者だ？」

　ボッシュは親指を離した。

「サラ・ベンダー。それはおれが知っているたったひとつの名前だ。覚えているのは、新聞に載ったからだ。彼女の父親は、失踪するまで、娘のことをまったく構っていなかったくせに、どこのニュースでもウェーンウェーンと泣いていやがった」

　親指をかぶせる。

「それでおまえは彼女を殺したのか？」

親指を離す。

ディロンはコクコクとうなずいた。

「あの女はコーヒーショップのまえにいた。おれが覚えているのは、その店がロス市警の署からたった一ブロックしか離れていなかったからだ。やつらの目と鼻の先で、みごとに拉致ってやった」

親指をかぶせる。

「そのあと、おまえは彼女になにをした？」

親指を離す。

ディロンは焼却炉が置かれている方向にうなずいて見せた。

「おれはあの女を焼いてやった」

ボッシュは言葉を切った。

「デイジー・クレイトンはどうやった？」

「その女もおなじだ」

「そのときは焼却炉を持っていなかっただろ」

「ああ、当時は自宅の車庫で作業をしてたんだ。事業をはじめたばかりのころだ」

「で、おまえはなにをしたんだ？」

「おれはあの女を綺麗にした。漂白剤でな。まだ酸の取り扱い許可を手に入れていなかったんだ」

「自宅の浴槽を使ったのか？」

「いや、バイオ廃棄物容器のひとつにあの女を入れた。蓋の付いているやつに。そこに漂白剤を充たして、丸一日放置した。働いているあいだ、車に乗せて運んでいた」

「デイジーとサラ以外にほかにだれがいるんだ？」

「言っただろ。あいつらの名前を覚えていられないんだ」

「直近の被害者はどうなった？　ピンクの爪をしていた少女。彼女の名前はなんだ？」

「覚えてないよ」

「いや、覚えているはずだ。そのトラックの荷台に閉じこめていただろ。彼女の名前はなんだ？」

「わからないのか？　おれは一度も女の名前を訊いたことがないんだ。どうでもいいんだ。あいつらの名前なんてどうでもいい。だれも気にしちゃいない。あいつらは大切に思われていない」

ボッシュはディロンを長いあいだ見おろしていた。犯行の確認の意味では必要なものをすべて手に入れていた。だが、まだ用は済んでいなかった。

「彼女たちの両親はどうだ？　彼女たちの母親——彼らは大切に思っていないとでもいうのか？」

「路上にいるたいていの女たちか？　あんたにお知らせしてやろう、あいつらの親はあいつらのことをなんとも思っていない」

ボッシュはエリザベス・クレイトンと彼女の悲しい結末について考えた。それをすべてディロンの責任だと考えた。ボッシュはレコーダーをポケットにしまい、バケツに手を伸ばした。それを持ち上げ、危険な中身をディロンの頭にぶちまけようとした。

たとえダクトテープで目を塞がれていても、ディロンはボッシュがやろうとしている決心に勘づいた。

「やめてくれ」ディロンは懇願するように言った。

ボッシュは水の入ったバケツに手を伸ばした。それを静かに持ち上げると、ディロンの脚のあいだに置き、液体が跳ねるようにさせた。そののち、硫酸の入ったバケツをかたわらにどかした。

「ジーザス、気をつけろ！」ディロンが叫んだ。

ボッシュはダクトテープのロールを手に取り、ディロンと樽をグルグル巻きにして、彼が立ち上がったり、どこかへいったりできないようにした。首にテープを二回巻いたが、バケツから顔を逸らすことができる余地を残した。それが終わると、テープを短く切り、ポケットからレコーダーを取りだすと、すべての面とボタンをシャツで拭ってから、ディロンの胸にそのテープで留めた。

「じっと座ってろ」ボッシュは言った。

「どこにいくんだ？」ディロンは訊いた。

「おまえが頼んだように、警察を呼びにいく」

「おれをここに置いていくのか？」

「その予定だ」

「やめてくれ。硫酸はとても揮発性が高いんだ。バケツが腐食してしまいかねない。もしかしたら——」

「急ぐよ」

ボッシュは安心させるかのように、ディロンの肩を軽く叩いた。それから硫酸の入ったバケツを持ち上げ、バラードのために鍵をあけたドアのほうに歩いていった。ドアを出たあと、鍵をかけないままにした。

外に出ると、ボッシュはディロンの倉庫と隣の倉庫のあいだの狭い通路に歩いていった。そこに積もったゴミの上に硫酸を注ぎ、バケツもその場に捨てた。それから通路を出ると、自分のジープに向かって歩いていった。

49

ヴァンナイズ分署は二キロ弱しか離れていなかった。ボッシュは車でそこへいった。個人的に警察と話をする意図があったからではなく、まだ使える公衆電話があるのは、このあたりでそこしか知らなかったからだ。分署のメイン出入り口の階段を降りたところに公衆電話が並んでいた――分署の留置場から釈放された被収容者が愛する者や弁護士に迎えに来てもらうよう連絡する都合を考えてのものだった。

ボッシュはもはやＳＩＳに渡された携帯電話を持っていなかった。コルテスの銃撃現場を離れ、パトロール警官に自分の車まで乗せていってもらうことにするとボッシュが伝えると、セスペデスに携帯電話を返すよう求められたのだった。

公衆電話の列の隣に小銭両替機があったが、五ドル札しか受け付けないものだった。ボッシュは電話をかける先が二ヵ所あり、渋々、五ドルを二十個の二十五セント硬貨に崩した。まず記憶をもとにバラードの電話番号にかけたところ、彼女はすぐに出た。

「やつはデイジーとほかの女性たちのことを認めた」ボッシュは言った。「あまりにおおぜいいて、覚えてすらいないそうだ」

「なんてこと」バラードは言った。「あいつはあなたにそれを全部話したの？　ほかの女性たちってだれ？」

「ひとりの名前しか覚えていなかった。それは当時、そのことがニュースになり、大騒ぎがあったからだという。サラ・ベンダー、きみに覚えはあるか？　ディロンによれば、彼女の父親がなにかの有名人らしい。おれはその名前に覚えがあるんだが、どんな事件だったかまではわからない。それを使って、事態を操れないかと考えている。おれはデイジーを持ちだしたんだが、ディロンはサラ・ベンダーを持ちだした。もし証明できれば、われわれは――」

「できる。つまり、証明を。サラ・ベンダーのパパは、サンセット大通りで有名クラブを持っている――サンセット・ストリップの〈ベンダーズ〉。入り口にいつも列ができている店」

「なるほど。その店は知っている。〈ロキシー〉のすぐ近くだ」

「サラは三年ほどまえに姿を消した。ジョージ・ベンダーは、公開捜査に踏み切り、彼女を見つけるために私立探偵を雇った。ロス市警が本気で彼女を捜していないと思ったとき、ダークサイドに協力を頼んだとも言われている」

「どういう意味だ、〝ダークサイド〟というのは？」ボッシュは訊いた。

「ほら、彼は法の外でそれに取り組んでくれる連中とコネがあった。傭兵《ようへい》タイプの人間と。クラブの後援者のなかには、組織犯罪の人間がいるという噂がある。娘が行方不明になったとき、そのことも捜査の一部になったけど、そこは先に広がらなかった。公式の見解では、彼女は家出人と見なされたと思う」

「そのように見えたかもしれないが、彼女は家出人じゃなかった。ディロンがコーヒーショップの外で彼女を拉致したんだ」

「父親が報奨金を出したのも覚えているわ。全米から目撃情報が寄せられはじめた。付け入りたがった連中が出た。結局、全部無駄に終わり、いまやあらたなLAのミステリーのひとつになっている」

「まあ、ミステリーは解けた。ディロンは自分が彼女を殺し、焼却炉に入れたと言った」

「クソ野郎。どうやって彼女のことを白状させたの？」

「それはどうでもいい。ディロンは白状し、おれはその名前をディロンに聞かせていなかった。自分でその名前を言ったんだ。サラとデイジーのことを口にした。ほかの女性たちは名前を思いだせなかった。ピンク色の爪の女性ですら」

バラードが口をひらくまで、間があった。

「ピンク爪の女性についてディロンはなんと言ってた？」

「なにも。最初から名前を知らなかったので忘れることはありえない、と言った」

「いつ彼女を拉致ったのか訊いた？」

「いや。訊けばよかったな」

「最近だと思う。わたしがあのトラックの荷台にいたとき……彼女の恐怖のにおいがした。あそこにあいつは彼女を監禁していたはず」

ボッシュはそれに対してどう答えていいのかわからなかった。だが、それがボッシュのなかで大きくなりつつあるフラストレーションと怒りに火をつけた。考えれば考えるほど、ディロンの頭にではなく、地面に硫酸を捨ててきたのを後悔するようになってきた。

バラードはボッシュが口をひらくまえにまた口をひらいた。

「ディロンはまだ……」

「生きているかって？　おれはこれから一生後悔するかもしれないな。ああ、あいつはまだ生きている」

「いえ、ただ……忘れて。あの男をどう扱うつもり？」

「通報し、ヴァンナイズ署に解決させる」

「テープに証言を取った？」

「ああ。だけど、それは重視されないだろう。認められない証言だ。最初から調べて、立件しなければならないだろうな。まず、あのトラックの内部からはじめるよう伝えるつもりだ。指紋やDNAを」

自分たちの違法な行動がディロンに裁きを受けさせる伝統的な方法をどれほど危険にさらしたのか、ふたりとも考えて、長い間があいた。

ようやくバラードが口をひらいた。

「なにかあると期待しましょう」バラードは言った。「あいつには二度と自由の身で歩いてほしくない」

「歩かないさ」ボッシュは言った。「それは約束する」

ボッシュがたったいま言ったことをふたりとも考えて、また沈黙がつづいた。

電話を切る頃合いだったが、ボッシュは切りたくなかった。ふたりが話をする最後の機会になるかもしれない、とボッシュはわかっていた。ふたりの関係はこの事件によって結ばれていた。いまやその事件が終わったのだ。

「通報をしないと」ボッシュはようやく言った。

「わかった」バラードは言った。

「また会えるといいな、オーケイ？」

「もちろん。連絡をとりあいましょう」

ボッシュは電話を切った。奇妙な終わり方だった。手のなかの小銭をチャラチャラ言わせながら、捜査員たちをディロンの倉庫に送りこむ通報をどのようにおこなおうかと考えていた。自分自身を守らなければならないが、確実に通報で緊急対応がおこなわれるようにしたかった。

二十五セント硬貨を公衆電話の投入口に入れたが、そのとき、ボッシュの意思がハイジャックされた。エリザベス・クレイトンの思いがボッシュを打った。彼女の哀れな最期を想像すると、深い悲しみにボッシュは襲われた。いかがわしいモーテルの客室にひとり、ベッドテーブルに空の薬壜が転がり、亡くした娘の亡霊に付きまとわれて。すると、被害者たちを、大事にされないあるいはどうでもいい女や少女たちと切り捨てたディロンの言葉を思いだし、ふいに怒りがこみあげてきた。ボッシュは復讐を願った。

ダイヤル・トーンがボッシュを暗い思いから我に返らせ、ボッシュは411番を押して、オペレーターにストリップの〈ベンダーズ〉の電話番号を訊ねた。

電話をかけようとさらなる二十五セント硬貨を入れようとしたとき、復讐の赤い炎を縫って、用心の気持ちがわきあがった。振り返り、警察の建物の張りだしを見上げた。少なくとも二台の監視カメラが目に入った。

受話器を置き、立ち去った。

ボッシュはジープを停めておいたヴァンナイズ大通りに向かって庁舎プラザを通り抜けた。バック・ハッチをポンッとあけ、手を伸ばし、荒天用の服を取りだした。ドジャースのキャップ、風と雨から体を守ってくれるハイカラーのアーミー・ジャケット。それを着て、ハッチを閉じ、通りを渡って、二十四時間営業している保釈保証金事務所が並んでいるところへ向かった。列の端に建物の横壁に取り付けられている公衆電話があった。

ボッシュは帽子を目深にかぶり、襟を立てて、近づいた。二十五セント硬貨を入れ、電話をかけ、それがつながるのを待ちながら腕時計を確認した。午前一時四十五分。サンセット・ストリップのクラブは午前二時に閉まるのを知っていた。

電話に出たのは女性で、背後のやかましい電子ミュージックに声が聞き取りにくなっていた。

「オフィスの人間はいるか?」ボッシュは叫んだ。「オフィスの人間につないでくれ」

ボッシュが一分近く保留にされたのちに、男性の声が電話口に出た。

「ベンダーさん?」

「彼はここにいない。どちらさん?」

ボッシュは躊躇《ためら》わなかった。

「こちらはロサンジェルス市警です。ベンダーさんと大至急話をする必要があります。緊急事態です。彼の娘さんの件です」

「これは悪ふざけか? 彼はあんたみたいな連中にいやというほど付き合わされてきたんだぞ」

「これは正真正銘の電話です。娘さんに関するニュースがあり、本人と直接話をする必要があります。どこへ連絡すればいいですか?」

「ちょっと待っててくれ」

ボッシュはさらに一分待たされた。すると、別の男性の声が電話口から聞こえた。

「だれだ?」

「ベンダーさん?」

「わたしはだれだ、と言ったんだ」

「こちらがだれであろうと関係ありません。いきなりとてもひどいニュースを持ってきて、ぶしつけで申し訳ありません。ですが、あなたの娘さんは三年まえに殺されていました。そして、彼女を殺した男は、いま――」

「いったいあんたは何者だ？」

「それを話すつもりはありません。わたしがやろうとしているのは、あなたの娘さんを殺した男があなたを待っている場所の住所をお教えすることです。ドアには鍵がかかっていません」

「あんたの話をどうしたら信じられると思う？　いきなり電話をかけてきて、名乗ろうともしない。どうしたら――」

「ベンダーさん、すみません。わたしは自分が持っている以上のものをあなたにお渡しできないのです。それに自分の気が変わらないうちにこれをやらなければならないんだ」

ボッシュはふたりのあいだの暗闇に一瞬だけ言葉を宙ぶらりんにした。

「住所を知りたくないですか？」やがてボッシュは訊いた。

「ああ」ベンダーは言った。「教えてくれ」

ベンダーにサティコイ・ストリートの住所を伝えたあと、ボッシュはそれ以上なにも言わずに電話を切った。公衆電話を離れ、がらんとした大通りを横断して、自分の車に戻ろうとした。

頭のなかでさまざまな思いがぶつかりあっていた。さまざまな顔も去来していた。エリザベスの顔。そしてエリザベスの娘の顔──写真でしかボッシュは知らなかった。ボッシュは、自身の娘のことを考え、愛娘《まなむすめ》を失ったジョージ・ベンダーと、娘の死がもたらすであろう分別を失わせるような悲しみのことを考えた。するると、裁きと復讐を求めるつかのまの衝動と引き換えにあらたな種類の後悔と悲しみがやってくる道をベンダーにたどらせようとしているのに気づいた。自分たちふたりのために。

50

大通りのまんなかでボッシュは踵を返した。

最後の電話をかけるため、ボッシュは公衆電話に戻った。ヴァレー方面隊刑事部の直通電話にかけ、レイトショー担当の捜査員につないでくれるよう頼んだ。パーマーという名の刑事が出て、ボッシュは彼に、サティコイ・ストリートの倉庫に縛られて、彼が来るのを待っている殺人犯がいる、と伝えた。殺人を告白したレコーダーがそこにあり、捜査と起訴をたちどころに実現させてくれるものだ、と告げた。倉庫のトラックの荷台にも証拠がある、と。

ボッシュはパーマーに正確な住所を伝え、急ぐようにと話した。

「どうしてだ？」パーマーは訊いた。「そいつはどこにもいかなそうじゃないか」

「なぜなら、競争相手がいるからだ」ボッシュは言った。

BALLARD
AND
BOSCH

エピローグ

ボッシュは検屍局のガラスドアを出ると、正面の壁に寄りかかって待っているバラードを見た。

「彼女だった？」バラードは訊いた。

ボッシュは暗澹たる表情でうなずいた。

「まあ、そうだろうとわかっていた」ボッシュは言った。

「お気の毒に」バラードは言った。

ボッシュはうなずいて、感謝の意を示した。バラードの髪の毛が濡れていて、うしろになでつけられているのに気づく。バラードはボッシュが気づいたことに気づいた。

「けさあなたがメッセージを残してくれたとき、ボードに乗ってたの」バラードは言った。「シフトが終わってしばらくぶりに海に出ることができた」

「あのスクービー・ドゥーのヴァンに乗ってか？」ボッシュは訊いた。

「ええ」バラードは答えた。

ふたりは駐車場に向かって階段を降りはじめた。

「けさの新聞をチェックした？」バラードが訊いた。

「まだだ」ボッシュは言った。「新聞はなにをつかんでいる？」

「ヴァレー地区でのＳＩＳの件の記事を載せていた。だけど、遅い時刻に起こったので、あまり詳しいことは載っていなかったな。きょうのオンライン版とあしたの紙版にもっと詳しい記事が載るでしょう」

「ああ。ＳＩＳはヘッドラインを飾る。何日か、ＳＩＳの話で持ちきりになるだろう。ディロンに関してなにか載ってたかい？」

「新聞には載っていないな。だけど、ヴァレー方面隊からきのうの夜、電話がかかってきた」

「なんて言ってた？」

「デイジー・クレイトン事件に関する助言を求めてきた――わたしがその事件を調べていたことを先方は知っていた。デイジー殺しの罪は免れないと彼らが考えている男を捕まえた、と言ってた。ほかにも被害者はいる模様。関心のある市民と自称する何者かから情報提供を受けたんだって。バットマンかなにかみたいな。身元は不明」

「立件できるかどうか言ってたか？」

「テープに録音された自白は有効ではないけれど、それ以外に、倉庫のなかのトラックの捜索令状を判事に認めてもらうための相当の理由がたくさんあったと言ってた」

「それはよかった。願わくは、彼らが見つけて――」

「もう見つけているわ。指紋やDNA。失踪した女性たちのだれかと合致すれば、デイロンはおしまいよ。だけど、クレイトン殺害の容疑はかけられないでしょうね。こんなに時間が経っていれば、その可能性は低いでしょう」

「肝腎なのは、あいつが娑婆からいなくなることだろう」

バラードはうなずいた。

「奇妙なことなんだけど」バラードは言った。「彼らが倉庫にいると、一台の車が停止し、すぐに走り去ったんだって。わたしが応対している相手、パーマー刑事という人が言うには、パトカーにその車を追跡させて、停車させたところ、なかにだれが乗っていたと思う？」

「さっぱりわからん」ボッシュは言った。

「ジョージ・ベンダーとストリップにある彼のクラブの用心棒ふたり。サラ・ベンダーの父親よ——昨晩、わたしたちの話題にのぼった」

「不思議だな」

「もっと不思議なのは、匿名の通報者から、倉庫のなかの男が彼の娘を殺したと告げられたんだ、とベンダーが言ったたってこと。ベンダーの車のトランクを調べたら、チェーンソーが見つかった。トランクのなかに鎮座していたそうよ。おぞましいチェーンソーが」

ボッシュは肩をすくめたが、バラードはまだ話を終えていなかった。

「思うに、このバットマンさんは、両者をまんなかで戦わせようとしていたみたい」バラードは言った。「パーマーは、通報者が急ぐように言ったとさえ話していた。なぜなら競争相手がいるからだ、と。だからあなたがきょう電話してきてくれて嬉しかったの、ハリー、なぜなら、あなたがきのうの夜なにをしていたのか訊きたいから」

ボッシュは彼女のほうを向いて、まっすぐ顔を見られるように立ち止まった。ボッシュは肩をすくめた。

「いいか、おれは当初の計画に従っていたんだが、ふとエリザベスのことを考えはじめたんだ、オーケイ？」ボッシュは言った。「言うなれば、あの男は彼女も殺したようなものだった。それでおれは腹が立ち、電話をかけた。だが、そのあとでまちがいを正したんだ。そして、万事オーケイな結果になった」

「かろうじてね」バラードは言った。「まったく逆の結果になっていた可能性が高い」

「そうなったところでそれほどひどい結果だろうか？」

「それは問題じゃない。問題なのは、それがわれわれの仕事のやり方なのかということ」

ボッシュはまた肩をすくめ、車に向かって歩きはじめた。

「それがわたしと会いたがった理由なの？」バラードは言った。「ベンダーに電話したことを説明するため」

「いいや」ボッシュは言った。「実際には、ほかのことを話したかったんだ」

「なんについて？」

「われわれはふたりでとてもいい仕事をしたと思っていたんだ。ほら、この事件に関して、われわれはいいチームだった」

ふたりはチェロキーのまえで立ち止まった。

「オーケイ、わたしたちはいいチームだった」バラードは言った。「なにが言いたいの？」

ボッシュは肩をすくめた。

「ひょっとしたらいっしょに事件に取りくむのをつづけられるかもしれないって」ボッシュは言った。「ほら、きみがやつらを見つけ、おれがやつらを見つける。おれは外にいて、きみは内にいる。自分たちになにができるかわかるだろ」

「そしてそれからどうするの？」バラードは言った。「あなたはバットマン活動をして、事件の最後にだれに電話をするのか決めるわけ？」

「いや、きみに言っただろ。あれはミスであり、おれはそれを正した。あんなことは二度と起こらない。もしきみが望むなら、きみが決めればいい」

「お金はどうするの？　わたしは給料を受け取っているけど、あなたは受け取らないんでしょ？　わたしの小切手を半分にわけるわけ？　どうするの？」

「おれはきみの金を欲しくないし、ほかのだれの金も欲しくない。いずれにせよ、おれの年金はたぶんきみがもらっている小切手の額よりずっと高いだろう。たんにきみが持っているものがほしいんだ、レネイ。それを持っている人間はそんなに多くない」

「なんのことを言っているのか、さっぱりわからないな」

「いや、わかっているはずだ。きみはわかっている。きみはあれを持っている――たぶん百人にひとりしか持っていない。きみは顔に傷を持っているが、だれもそれを見ることができずにいる。なぜなら、きみが激しいからだ。きみは押しつづける。つまり、きみが持っているものがなければ、おれはいまごろ犬の餌になっていた。だから、いっしょに働こう。事件に取り組もう。バッジがあろうとなかろうとそんなの関係ない。とにかく、おれはいまそんなものの束縛から解放されている。自分にどれくらい時間が残っているのかわからないが、残る時間のすべてを使って、おれは現場に出て、ディロンのようなやつらを見つけだしたいんだ。そしてどんな方法にせよ、やつらを娑婆から追い払いたい」

バラードはポケットに両手を入れていた。自分に関するいろんなことをボッシュが話しているあいだ、彼女はアスファルトを見おろしていた。本当のことだとバラード自身わかっていることを。とりわけ傷について。

バラードはうなずいた。

「オーケイ、ハリー。いっしょに事件を調べましょう。だけど、わたしたちは規則を曲げることになる。規則を破るんじゃなくて」

ボッシュはうなずき返した。

「それでいいだろう」ボッシュは言った。

「どこからはじめるの？」バラードは訊いた。

「わからん。そのときが来たら、おれに連絡してくれ。おれはその辺にいるよ」

「わかった、わたしから信号を送る」

ふたりはそれに関して握手をし、それぞれ別の道にわかれた。

謝辞

著者は、この小説に大なり小なり貢献して下さった方々に感謝の意を表したい。なかでも、ロサンジェルス市警のミッチ・ロバーツ刑事はその筆頭である。また、リック・ジャクスン、ティム・マーシャ、デイヴィッド・ラムキンの元および現役刑事のみなさんからは、素晴らしい洞察力と細部の情報を提供していただいた。

アーシア・マクニック率いる編集者のみなさん、すなわち、ビル・メッシー、イマッド・アクタールおよびパメラ・マーシャルは、本書執筆に欠かせない存在だった。

信頼できる読み手たちで構成されたコナリー陰謀団には、リンダ・コナリー、ジェーン・デイヴィス、テリル・リー・ランクフォード、ヘザー・リッツォ、ヘンリク・バスティン、ジョン・ホートン、デニス・ヴォイチェホフスキーのみなさんがいた。

本作執筆に協力いただいた全員に感謝の意を表したい。

すべての関係者に心からの感謝を。

訳者あとがき

古沢嘉通

本書は、マイクル・コナリーが著した三十二冊目の長篇Dark Sacred Night（2018）の全訳である。ボッシュ・シリーズとしては、前作『汚名』Two Kinds of Truth（2017）につづく二十一作目になり、また、『レイトショー』The Late Show（2017）で初登場したロス市警女性刑事レネイ・バラードとタッグを組む第一作になる。

本題に入るまえに、前作『汚名』にコナリー邦訳史上初めて解説も訳者あとがきも付いていなかったことに永年の読者から疑問の声がいくつか上がっていたので、釈明しておくと、たまたま、上下巻とも同ページ数（三百二十ページ）で、本文と奥付と当月の講談社文庫広告のみでページ数がぴったり収まってしまったため（本文庫は、基本的に十六ページ単位で構成される。この基本の単位を折丁と呼ぶ）、あとがきを加えるとあらたな折丁が増える（つまり十六ページ増えてしまう）ことになり、価格が上がってしまうという営業的観点から泣く泣く訳者あとがきを諦めた次第である。あくまでも偶然の産物ゆえ、ご理解賜りたい。

釈明ついでに、本書の邦題についても一言申し述べる。原題 Dark Sacred Night は、翻訳すれば『暗く聖なる夜』になる。これではボッシュ・シリーズ第九作 Lost Light（2003）の邦題とおなじになってしまい、使えない。原題は、ルイ・アームストロングの有名な持ち歌 What A Wonderful World（1967）の歌詞から取られたものである。そこで邦題にはこの曲のタイトルでもあり、歌詞としても使われ、また本作のなかでもバラードがゴミの埋め立て地での死体捜索の際におなじ言葉を口にしている（訳文では、状況に合わせ、「なんてすてきな世界だ」としている）ことから、『素晴らしき世界』を採用することになった次第である。

さて、いつものように深夜勤務《レイトショー》についていたバラードは、人けの無いハリウッド分署の刑事部屋で見知らぬ男がファイル・キャビネットを調べているのを見かけ、誰何《すいか》したところ、むかしハリウッド分署で働いていた元刑事だと男は名乗る。男の名は、ハリー・ボッシュ。ボッシュは、十五歳の少女デイジー・クレイトンの未解決殺人事件を調べているという。バラードは、ボッシュに共感し、デイジーの事件を共同で調べることにする。

すなわち、本書は、前作『汚名』の直接の続篇なのである。『汚名』の終盤で前のパートナーであるルシア・ソトにボッシュが捜査再開を依頼したデイジー・クレイトン殺害事件は、ソトが未解決事件班を離れたため、ボッシュの単独捜査になっていたのだが、ここにきてレネイ・バラードという強力なパートナーを得ることになった。夜のハリウッドのストリートで繰り広げられる様々な人生模様を活写しながら、事件捜査はつづく。

一方、ボッシュは、サンフェルナンド市警の予備警察官として、暗殺された地元ギャング幹部の未解決事件捜査にもあたっていた。容疑者に関する有力な証言を得て、物証を確保しようとしたところ、捜査情報の漏洩《ろうえい》に気づく。そして証人殺しを厭《いと》わぬギャング幹部に捜査の手を伸ばしたことでボッシュの身にも危険が迫り……。

コナリーが創造した新キャラクターであるレネイ・バラードが、ボッシュとタッグを組むということで、前評判も高く、読者からも熱い支持を得た本作。書評をいくつか紹介しよう――

「読者はマイクル・コナリーの小説を手に取れば、犯罪と法執行の世界へ引きこむ、よくできた作品を手に入れられるとわかっている。バラードとボッシュが取り組む事件は、それだけで、この物語をお勧めするのに充分だが、コナリーがたいていの犯罪小説作家よりも優れているのは、登場する刑事たちに血が通っており、リアルである点にある。その組み合わせは、まさしく高品質だ」

——アソシエイテッド・プレス　ジェフ・エアーズ

「コナリーは、バラードとボッシュの〝趣味の事件〟だけでなく、バラードの日常的な事件の山を通して、つねにアクションを維持しながら、できたてのパートナーシップと未解決事件捜査をゆっくりと構築していくという難事を達成している。コナリーほど巧みにプロットに捜査の細部を組みこめる作家はいないが、本作では、警官の人生のありふれた個人的な細部も効果的に利用している。未解決事件のプロットがヤマ場を迎えるとき、バラードとボッシュは、ほぼすべての面で正反対の立場にありながらも、〝殺人犯を盤上から排除する〟ために協力する。ロサンジェルスは死者のあらたな代弁者を手に入れ、それはコナリー・ファンには朗報である」

――Amazon エディトリアル・レビュー　ヴァネッサ・クローニン

「ロス市警ハリウッド分署に所属する若き警官、レネイ・バラードは、老いたライオンの素晴らしいパートナーとなった」

――ニューヨーク・タイムズ紙　マリリン・スタシオ

「ふたりの孤独な刑事が、マイクル・コナリーの暗く鮮やかな新作長篇でおたがいを見出す。……『素晴らしき世界』は、〝バラードとボッシュがタッグを組む第一作〟と銘打たれ、独創的で、夢中にさせられるほどサスペンスに満ち、このうえもなく荒涼としている」

――ワシントン・ポスト紙　モーリーン・コリガン

「コナリーは、本書を通じて、ふたりの主人公の成長のバランスを取るみごとな才能を示している。視点を次々と変え、それぞれの警官がそれぞれの悪魔たちに直面する様子を描く。入念に調査されたＬＡの警官と地下犯罪の世界が、アクションを通して、信憑性の極めて高いものとして描かれている。彼はまた、深刻な不平等の時代に正義の本質と、警察において進行中のミソジニーと人種差別に疑問を抱くよう読者を導く。『素晴らしき世界』は、ボッシュの基準から見ても、緊張感があり、気骨があり、とてもいい作品である。みごとな犯罪小説が数多く生まれた一年のなかでも、本書は際立った存在になるだろう。プルーフを読んだだれと話しても、みんな、この本がもたらすスリルに目がくらんだと言っている。マイクル・コナリーは抗いがたい力の持ち主だ」

——ブックトピア　ベン・ハンター

「マイクル・コナリーはまたやってのけた。物語がどこに向かっているかわかると思った瞬間、コナリーは大きく事態を変化させ、サスペンスを盛り上げていって、彼の作品のなかでももっとも衝撃的なエンディングをもたらす。……『素晴らしき世界』は、同時代のこのうえもなく偉大な犯罪小説作家のひとりからの、あらたな必読書である」

——リアル・ブック・スパイ

「これまでにも犯罪と戦うすばらしいデュオが何組かいた——いくつか例を挙げれ

ば、バットマンとロビン、スタスキーとハッチ、リゾーリとアイルズ。ボッシュとバラードをそのリストに加える時がきた」

――クライム・フィクション・ラヴァー

なお、本文に含めるのは、読書の妨げになると思い、付けていない注釈を二点、ここに記させていただく――

まず、39章（下巻174ページ）に出てくる『砂漠のヤらしい作戦』は、原題がOperation: Desert Stormyで、あきらかに「砂漠の嵐作戦Operation: Desert Storm」をもじったタイトルだが、本邦では劇場未公開なるも、DVDで発売されており、『スパイ・ワイフ』のタイトルが付いていたものの、本文にあるように主人公がミサイルにまたがる本国版のポスターとは、似ても似つかぬカバーであったため、邦題を使う意味がないと判断してこのように訳した。

また、48章において、硫酸の性質とは異なる描写がなされている点について（硫酸は、本来、不揮発性で無臭）、校正者から疑問が出されていたが、劇物に関して作家が意図的におこなった改変または曖昧化であるかもしれず、原文通りに訳した。

さて、次作The Night Fire（2019）は、引き続きボッシュ＆バラードものである。これにリンカーン弁護士、ミッキー・ハラーも加わり、非常に豪華な組み合わせになっている。三人それぞれが担当する事件が複雑に重なり合い、先の展開を予測しがたい読み応え抜群の作品に仕上がっている。

ハリー・ボッシュが新人の殺人事件担当刑事だったころ、パートナーを組んで、殺人事件に関する取り組み方を一から教えてくれた恩師にあたるトンプスン元刑事が亡くなり、ボッシュが葬儀に参列したところ、未亡人から夫が自宅に残していた一冊の殺人事件調書を託される。二十年まえにロス市警を引退したトンプスンは、その調書を市警から盗んで、自宅に保管していたらしい。

その事件とは、一九九〇年に起こった元服役囚で麻薬中毒者の白人男性ジョン・ヒルトン（二十四歳）がハリウッドの路地で後頭部を撃たれて亡くなった未解決事件だった。恩師の執着していた未解決事件を解決すべく、ボッシュはバラードに協力を求める。

また、ボッシュは、ミッキー・ハラーが担当しているモンゴメリー上級裁判所判事暗殺事件裁判に被告側調査員として協力もしていた。モンゴメリーは日中に裁判所近くの公園で刺殺され、現場に残されたＤＮＡが一致したことで逮捕された男性が裁判にかけられていたが、犯行を自供しており、有罪必至の状況だった。

一方、バラードは、ホームレス男性の焼死事件の現場に出向いていた。テント暮らしのホームレス男性が、大量のアルコールを摂取して寝ているうちに、うっかり灯油ヒーターを倒して、その火が全身に移り、焼死した模様だった。事故死とみて、バラードはロス市消防署に処理を任せた。

これら三つの事件（「元服役囚殺害事件」「裁判所判事暗殺事件」「ホームレス焼死事件」）が複雑に重なり合い、終盤の怒濤の展開は近年屈指の作品に仕上がっている。

ことし（二〇二〇年）は、年間三作もコナリー長篇が出るという訳者個人としては画期的な年になった。還暦を越えた身にはけっこうキツいものがあったのだが、はたして来年はどうなるだろうか。ともあれ、なるべくお待たせすることなく、The Night Fireをお届けしたいと考えている。

マイクル・コナリー長篇リスト（近年の邦訳と未訳分のみ）

The Burning Room（2014）『燃える部屋』（上下）HB RW
The Crossing（2015）『贖罪の街』（上下）HB MH
The Wrong Side of Goodbye（2016）『訣別』（上下）HB MH
The Late Show（2017）『レイトショー』（上下）RB
Two Kinds of Truth（2017）『汚名』（上下）HB MH
Dark Sacred Night（2018）本書　RB HB
The Night Fire（2019）　RB HB MH（講談社文庫近刊）
Fair Warning（2020）　JM RW（講談社文庫近刊）
The Law of Innocence（2020）　MH HB
邦訳は、いずれも古沢嘉通訳、講談社文庫刊。

＊主要登場人物略号　HB：ハリー・ボッシュ　MH：ミッキー・ハラー　RW：レイチェル・ウォリング　RB：レネイ・バラード　JM：ジャック・マカヴォイ

|著者|マイクル・コナリー　1956年、フィラデルフィア生まれ。フロリダ大学を卒業し、フロリダなどの新聞社でジャーナリストとして働く。手がけた記事がピュリッツァー賞の最終選考まで残り、ロサンジェルス・タイムズ紙に引き抜かれる。「当代最高のハードボイルド」といわれるハリー・ボッシュ・シリーズは二転三転する巧緻なプロットで人気を博している。著書は『暗く聖なる夜』『天使と罪の街』『終決者たち』『リンカーン弁護士』『真鍮の評決　リンカーン弁護士』『判決破棄　リンカーン弁護士』『スケアクロウ』『ナイン・ドラゴンズ』『証言拒否　リンカーン弁護士』『転落の街』『ブラックボックス』『罪責の神々　リンカーン弁護士』『燃える部屋』『贖罪の街』『訣別』『レイトショー』『汚名』など。
|訳者|古沢嘉通　1958年、北海道生まれ。大阪外国語大学デンマーク語科卒業。コナリー邦訳作品の大半を翻訳しているほか、プリースト『双生児』『夢幻諸島から』『隣接界』、リュウ『紙の動物園』『母の記憶に』『生まれ変わり』（以上、早川書房）など翻訳書多数。

素晴《すば》らしき世界《せかい》(下)

マイクル・コナリー｜古沢嘉通《ふるさわよしみち》 訳

講談社文庫
定価はカバーに
表示してあります

2020年11月13日第1刷発行

発行者――渡瀬昌彦
発行所――株式会社　講談社
東京都文京区音羽2-12-21　〒112-8001
電話　出版（03）5395-3510
　　　販売（03）5395-5817
　　　業務（03）5395-3615
Printed in Japan

デザイン―菊地信義
本文データ制作―講談社デジタル製作
印刷―――豊国印刷株式会社
製本―――株式会社国宝社

ISBN978-4-06-521608-8

講談社文庫刊行の辞

二十一世紀の到来を目睫に望みながら、われわれはいま、人類史上かつて例を見ない巨大な転換期をむかえようとしている。

世界も、日本も、激動の予兆に対する期待とおののきを内に蔵して、未知の時代に歩み入ろうとしている。このときにあたり、創業の人野間清治の「ナショナル・エデュケイター」への志を現代に甦らせようと意図して、われわれはここに古今の文芸作品はいうまでもなく、ひろく人文・社会・自然の諸科学から東西の名著を網羅する、新しい綜合文庫の発刊を決意した。

激動の転換期はまた断絶の時代である。われわれは戦後二十五年間の出版文化のありかたへの深い反省をこめて、この断絶の時代にあえて人間的な持続を求めようとする。いたずらに浮薄な商業主義のあだ花を追い求めることなく、長期にわたって良書に生命をあたえようとつとめるところにしか、今後の出版文化の真の繁栄はあり得ないと信じるからである。

同時にわれわれはこの綜合文庫の刊行を通じて、人文・社会・自然の諸科学が、結局人間の学にほかならないことを立証しようと願っている。かつて知識とは、「汝自身を知る」ことにつきていた。現代社会の瑣末な情報の氾濫のなかから、力強い知識の源泉を掘り起し、技術文明のただなかに、生きた人間の姿を復活させること。それこそわれわれの切なる希求である。

われわれは権威に盲従せず、俗流に媚びることなく、渾然一体となって日本の「草の根」をかたちづくる若く新しい世代の人々に、心をこめてこの新しい綜合文庫をおくり届けたい。それは知識の泉であるとともに感受性のふるさとであり、もっとも有機的に組織され、社会に開かれた万人のための大学をめざしている。大方の支援と協力を衷心より切望してやまない。

一九七一年七月

野間省一